怎不让人心疼

刘庆邦 著

人民文学出版社

图书在版编目(CIP)数据

怎不让人心疼/刘庆邦著.—北京：人民文学出版社,2017
ISBN 978-7-02-013158-7

Ⅰ.①怎… Ⅱ.①刘… Ⅲ.①散文集-中国-当代 Ⅳ.①I267

中国版本图书馆 CIP 数据核字(2017)第 191153 号

责任编辑　卜艳冰　杜　晗　张晓清
装帧设计　高静芳

出版发行　人民文学出版社
社　　址　北京市朝内大街 166 号
邮政编码　100705
网　　址　http://www.rw-cn.com

印　　制　宁波市大港印务有限公司
经　　销　全国新华书店等

字　　数　150 千字
开　　本　890 毫米×1240 毫米　1/32
印　　张　7.5
版　　次　2018 年 1 月北京第 1 版
印　　次　2018 年 1 月第 1 次印刷

书　　号　978-7-02-013158-7
定　　价　35.00 元

如有印装质量问题，请与本社图书销售中心调换。电话：010-65233595

目 录

Ⅰ 乡情

野生鱼 ………… 3
绿色的冬天 ………… 7
告别泥涂 ………… 11
在夜晚的麦田里独行 ………… 15
老家的馍 ………… 19
我家的风箱 ………… 24
烟的往事 ………… 29
母亲和树 ………… 33
石榴落了一地 ………… 38
拾豆子 ………… 42
瓦非瓦 ………… 46
兔子的精神 ………… 49
卖烟叶儿 ………… 53
麦秆儿戒指 ………… 58

Ⅱ 亲情

父亲的纪念章 ………… 65

母亲的奖章 ………… 70

勤劳的母亲 ………… 76

脚的尊严 ………… 89

大姐的婚事 ………… 93

留守的二姐 ………… 97

妹妹 ………… 101

那双翻毛皮鞋 ………… 107

Ⅲ 心情

心重 ………… 113

凭什么我可以吃一个鸡蛋 ………… 117

卖书 ………… 123

发疟子 ………… 127

遭遇蝎子 ………… 132

月光记 ………… 136

在雨地里穿行 ………… 140

参天的古树 ………… 144

雪天送稿儿 ………… 148

由来已久的心愿 ………… 151

写给英国的矿工兄弟 ………… 160

不让母亲心疼 ………… 166

致敬契诃夫 ………… 169

怎不让人心疼 ………… 173

不写干什么呢 ………… 177

Ⅳ 友情

梦见了铁生 ………… 183

王安忆写作的秘诀 ………… 186

追求完美的刘恒 ………… 200

北京作家"终身成就奖",评浩然还是评林斤澜 ………… 214

"小文武"的道行 ………… 221

莹然冰玉见清词——付秀莹小说印象 ………… 225

I 乡情

野生鱼

我老家那地方河塘很多，到处都是明水。河是长的，河水从远方流过来，又向远方流过去。塘的形态不规则，或圆或方。塘里的水像镜面一样，只反光，不流动。有水就有鱼，这话是确切的，或者说曾经是确切的。至少在我还是一个少年的时候，我们那里水水里有鱼。那些鱼不是放养的，都是野生野长的野鱼。野生鱼也叫杂鱼，种类繁多，难以胜数。占比率较多的，我记得有鲫鱼、鲇鱼、黑鱼、鳜鱼、嘎牙、窜条，还有泥鳅、蚂虾、螃蟹、黄鳝等等。既然是野生鱼，它们就没有主家。野草谁都可以薅，野兔谁都可以逮，野生鱼呢，谁都可以钓，可以摸。

下过一两场春雨，地气上升，塘水泛白。我便找出钓竿，挖些红色的蚯蚓，到水边去钓鱼。我的钓竿是一根木棍，粗糙得很，说不上有什么弹性，但这丝毫不影响我对钓鱼的兴致，我在春水边一蹲就是半天。芦芽从水里钻出来了，刚钻出水面的芦芽是紫红色，倒影是黑灰色。岸边的杏花映进水里，水里一片白色的模糊。有鱼碰到芦芽了，或是在啄吃附着在芦芽上的小蛤蜊，使芦芽摇出一圈圈涟漪。涟漪在不断扩大，以致波击到了我的鱼漂。鱼漂是用蒜白做成的，灵敏度很高，稍有动静，鱼漂就颤动不已。这时我不会提竿，有前来捣乱的蜻蜓落在钓竿的竿头，我仍然不会提竿，我要等鱼漂真正动起来。经验告诉我，钓鱼主要的诀窍就是一个字，那就是等。除了等，还是等。你只要有耐心，善于等，水底的鱼总会游过来，总会经不住诱饵的诱惑，尝试着吃钩。不是吹牛，每次去钓鱼，没多有少，我从没有空过手。当把一个银块子一样的鱼儿提出水面的一刹那，鱼儿摆着尾巴，弯着身子，在使劲挣扎。鱼儿挣扎的力道通过鱼线传到钓竿上，通过钓竿传到我手上，再传到我心里，仿佛一头是鱼儿，一头是心脏，鱼儿在跳，心比鱼儿跳得还快，那种激动的心情实在难以言表。

钓鱼上瘾，夏天我也钓鱼。一个炎热的午后，知了在叫，村里的大人们在午睡，我独自一人，悄悄去村东的一个水塘钓鱼。那个水塘周围长满了芦苇，芦苇很高，也很茂密，把整个水塘都遮住了，从外面看，只见苇林，不见水塘。我分开芦苇，走到塘边，往水里一看，简直高兴坏了。一群鲫鱼板子，大约有几十条，集体浮在水的表面，几乎露出了青色的脊背，正旁若无人地游来游去。这种情况，被大人说成是鱼晒鳞。对不起了，可爱的鲫鱼们，趁你们出来晒鳞，我要钓你们。我把鱼漂摘下来，把包有鱼饵的鱼钩直接放到了鱼面前。鲫鱼倒是不客气，我清楚地看见，一条鲫鱼一张嘴就把鱼钩吃进嘴里。我眼疾手快，手腕一抖，往上一提，就把一条大鲫鱼板子钓了上来。当我把一条鲫鱼从鱼的队伍里钓出来时，别的鱼都有些出乎意料似的，一哄而散，很快潜入水底。鲫鱼的智力还是有问题，我刚把鱼钩从鲫鱼嘴上取下来，那些鲫鱼复又聚拢在一起，浮上来，继续款款游动。

我如法炮制，很快又把一条鲫鱼钓了上来。那天中午，我钓到了十几条又白又肥的鲫鱼。

除了钓鱼，我还会摸鱼。摸鱼是盲目的，等于瞎摸。是呀，我把身子缩在水里，水淹到嘴巴下面，留着嘴巴换气，水里什么东西都看不见，全凭两只手在水里摸来摸去，不是瞎摸是什么！再说，水是鱼的自由世界，人家在水里射来射去，身手非常敏捷。而人的手指头远远赶不上鱼游的速度，要摸到鱼谈何容易！哎，您别说，只要我下水摸鱼，总会有倒霉的鱼栽到我手里。

我在村里小学上二年级的时候，一天下午，老师带我们到河堤上去摘蓖麻。蓖麻是我们春天种的，到了夏末和秋天，一串串蓖麻成熟了，就可以采摘。那天天气比较热，摘了一阵蓖麻后，老师允许我们男生下到河里洗个澡。男孩子洗澡从来不好好洗，一下水就乱扑腾一气。正扑腾着，一个男生一弯腰就抓到了一条鲫鱼。那条鲫鱼是金黄色，肚子一侧走着一条像是带荧光的银线，煞是漂亮。男生一甩手，把鲫鱼抛到了岸边。鲫鱼跳了几个高，就不跳了，躺在那里喘气。见一个男生抓到了鱼，我们都开始摸起鱼来。河里的野生鱼太多了，不是我们要摸鱼，像是鱼主动地在摸我们。有的调皮的小鱼甚至连连啄我们的腿，仿佛一边啄一边说：来吧，摸我吧，看你能不能摸到我！有的男生不大会摸鱼，他们的办法，是扑在水浅的岸边，用肚皮一下一下往岸上激水。水被激到岸上，水草里藏着的鱼也被激到了岸上。水像退潮一样退了下来，光着身子的鱼却留在了岸上，他们上去就把鱼摁住了。那次我们在水里扑腾了不到半小时，每人都摸到了好几条鱼。我摸到了鲫鱼、鳜鱼，还摸到了一条比较棘手的嘎牙。嘎牙背上和身体两侧生有利刺，在水中，它的利刺是抿着的。一旦捉到它，把它拿出水面，它的利刺会迅速打开，露出锋芒。稍有不慎，手就会被利刺扎伤。有人摸到嘎牙，为避免被利刺扎伤，就把嘎牙放掉了，我摸到嘎牙就不撒手，连同裹在嘎牙身上的水草，一块儿把嘎牙拿出水面，抛在岸上。嘎牙张开利刺，吱吱叫着，很不情愿的样子，但已经晚了。

现在我们那里没有野生鱼了，河里塘里都没有了。有一段时间，小造纸厂排出的污水把河水塘水都染成了酱黑色，野生鱼像受到化学武器袭击一样，统统都被毒死了，连子子孙孙都毒死了。我回老家看过，我小时候钓过鱼的水塘，黑乎乎的水里扔着垃圾，沤得冒着气泡。气泡炸开，散发的都是难闻的毒气。这样的水别说野生鱼无法生存，连水草和生命力极强的芦苇都不长了，岸边变得光秃秃的。

不光是野生鱼，连一些野生鸟和野生的昆虫，都变得难以寻觅。以前，我们那里的黄鹂子和赤眉鸟是很多的，如今再也见不到它们的踪影，再也听不到它们的歌声。蚂蚱也是，过去野地里的各色蚂蚱有几十种，构成了庞大的蚂蚱家族。农药的普遍使用，使蚂蚱遭到了灭顶之灾。

我想，也许有一天，连被我们称为害虫的老鼠、蚊子、蟑螂等也会没有了，地球上就只剩下我们人类。到那时候，恐怕离人类的灭亡就不远了。

2013年10月6日至7日（国庆节期间）

于北京和平里

绿色的冬天

人们以色彩为四季命名，一般来说，会把春天说成红色，夏天说成绿色，秋天说成黄色或金色，冬天说成白色。这样的说法，强调的是每个季节的主色调。红色，大约指的是春来时盛开的花朵。绿色，当然是指夏季里铺天盖地浓郁得化不开的绿。黄色，是用来描绘稻谷般成熟的颜色，秋天当仁不让。而冬天主要是雪当家，当大雪覆盖一切时，把冬天说成白色的冬天，也是有道理的。

的确，在四季分明的我国北方，随着入冬后的冷空气一波接一波袭来，黄叶纷纷落下，只剩下光秃秃的树枝。田里的庄稼收去了，褐色的土地裸露出来。也有一些未及时砍掉的玉米秸秆，在寒风中抖索，显得有些破败。河塘里结了冰，原本开放活泼的水面成了封闭僵化的状态。大概是热胀冷缩的原因，在冰天雪地里行走的人们，也收着肩，缩着脖儿，似乎一下子矮了不少。人们习惯用一个词形容冬天的气氛，那就是肃杀。词也是有力量的，有杀伤力的，它加重的是冬天的肃杀气氛。一提到肃杀二字，人们几乎不由得打一个寒噤。

那么，幅员辽阔的我国有没有绿色的冬天呢？有的，肯定有的，我今天要说的就是绿色的冬天。有朋友会说，别说了，我知道，你要说的不是海南、云南，就是广东、广西。不是的，我要说的是我的故乡，地处我国腹地的豫东大平原。

绿色来自哪里？来自豫东平原大面积播种的冬小麦。

豫东平原是我国小麦的主产区之一，据说中国人所吃的三个白面馒头当中，就有一个馒头是用豫东出产的小麦磨成的面粉做成的。我老家在豫东东南部的沈丘县，靠近安徽。我们那里一年种两季粮食，夏季种杂粮，秋季种小麦。杂粮收获之后，乡亲们几乎不给土地以喘气的机会，把土地稍事整理，很快就种上了小麦。不管是哪一块地，也不管那块地上一季种的是玉米、大豆、谷子、红薯等五花八门的杂粮，杂粮一经归仓，接下来播种的粮食整齐划一，必定是小麦。站在河堤上放眼望去，东边是麦地，西边是麦地，南边是麦地，北边也是麦地，一望无际的大平原，到处都是麦地。换一个说法，无所不在的麦绿与你紧紧相随，任你左冲右突，怎么也摆脱不了绿色的包围和抬举。哦，好啊好啊，我想放声歌唱，我眼里涌满了泪水。

我当过农民，种过小麦，对小麦的生长过程是熟悉的。小麦刚刚钻出来的嫩芽细细的，呈鹅黄色，如一根根直立的麦芒。麦芽锋芒初试的表现是枪挑露珠。早上到麦地里看，只见每一根麦芽的顶端都高挑着一颗露珠。露珠是晶莹的，硕大的，似乎随时会轰然坠地。可枪刺一样的麦芽把露珠穿得牢牢的，只许露珠在上面跳舞，不许它掉下来。露珠的集体表演使整个麦田变得白汪汪的，如静远的湖泊。

过不了几天，麦芽便轻舒身腰，伸展开来，由麦芽变成了麦苗，也由鹅黄变成了绿色。初绿的麦苗并没有马上铺满整个麦田，一垄垄笔直的麦苗恰如画在大地上的绿色的格线，格线与格线之间留下一些空格，也就是褐色的土地。这时节还没有入冬，还是十月小阳春的天气。麦苗像是抓紧时机，根往深处扎，叶往宽里长，很快就把空格写满了。麦苗的书写只有一种颜色，那就是绿，横看竖看都是绿，绿得连天接地，一塌糊涂。我不想用绿色的地毯形容故乡麦苗的绿，因为地毯没有根，不接地气。而麦苗的绿根源很深，与大地的呼吸息息相通。我也不想用草原的绿形容麦苗的绿，草原的绿掺杂有一些别的东西，绿得良莠不齐。而大面积麦苗的绿，是彻头彻尾的绿，纯粹的绿，绿得连一点儿杂色都没有。

麦苗最大的特点是能够抵抗严寒，霜刀雪剑都奈何它不得。霜降之后，挂在麦苗上的不再是露珠，变成了霜花。霜花凝固在麦叶上，或像给麦苗搽了粉，或如为麦苗戴了冰花。粉是颗粒状，搽得不太均匀。冰花的花样很多，有的是六瓣，有的是八角，把麦苗装扮得冰清玉洁。太阳一出来，阳光一照，白色的霜花很快消失，麦苗又恢复了碧绿的面貌。寒霜的袭击不但不能使麦苗变蔫，麦苗反而意气风发，显得更有精神。对麦苗形成持久考验的是冬天的雪。大雪扑扑闪闪地下来了，劈头盖脸地向满地的麦苗扑去。积雪盖住了麦苗的脚面，掩到了麦苗的脖子，接着把麦苗的头顶也埋住了。这时绿色看不见了，无边的绿被无垠的白所取代。麦苗怎么办？面对压顶的大雪，麦苗并不感到压抑，它们互相挽起了手臂，仿佛在欢呼：下吧下吧，好暖和，好舒服！积雪不可能把麦苗覆盖得那么严实，在雪地的边缘，会透露出丝丝绿意，如白玉中的翠。事实与麦苗的感受是一样的，大雪不但构不成对麦苗的威胁，反而使麦苗得到恩惠，每一次雪化之后，麦苗都会绿得更加深沉，更加厚实。除了麦苗，在冬天能抵抗严寒、保持绿色的，还有油菜、蚕豆、蒜苗、菠菜和一些野菜。

我多次在秋后和冬天回老家。从北向南走，渐行渐暖，渐行渐绿。等回到老家，就等于走进了绿色的海洋。每天一大早，我都会沿着田间小路，到麦田里走一走。绿色扑面而来，仿佛连空气都变成了绿色。大概人的生命与绿色有着某种天然的联系，我看绿色的麦苗，老也看不够。我照了一些照片，有远景，有特写，整个画面都是感天动地的绿。

一轮又圆又大的红日从东边升起来了，红日跃上河堤，越过树的枝丫，映得半边天似乎都变成了红的。从自然的生态来说，绿和红总是相伴相生，相辅相成，绿孕育了红，红又点缀了绿。我一时产生了错觉，以为自己是走在春天里。

2013 年 12 月 27 日于北京和平里

告别泥涂

我老家的泥巴被称为黄胶泥,是很厉害的。雨水一浸淫,泥巴里所包含的胶黏性就散发出来,变成一种死缠烂打的纠缠性和构陷性力量。脚一踩下去,你刚觉得很松软,好嘛还没说出口,稀泥很快就自下而上漫上来,并包上来,先漫过鞋底,再漫过脚面,继而把整个脚都包住了。这时候,你的脚想自拔颇有些难度,可以说每走一步都需要和泥巴搏斗。或者说你每拔一次腿,都如同在费力地与泥巴拔一次河,拔呀,拔呀,直到把你折腾得筋疲力尽,被无尽的泥涂吸住腿为止。

因此当地有一个说法,谁做事不凭良心,就罚他到某某某地蹅泥巴去。很不幸,某某某地指的就是我的老家。注意,我这里说的不是踏泥巴,也不是踩泥巴,而是按我们老家的说法,写成了蹅泥巴。如果用踏,或用踩,都不尽意,也不够味儿,泥巴都处在被动的地位。只有写成蹅字,让人联想到插或者馇,才有那么点儿意思。

对老家泥巴的厉害,我有着太多的体会。在老家上学时,每逢阴天下雨,我就不穿鞋了,把一双布鞋提溜在手里,光脚蹅着泥巴去,再光脚踏着泥巴回。为什么不穿鞋呢？因为浅口的布鞋在泥巴窝里根本穿不住，你一踏泥巴，泥巴只放走你的脚，却把你的鞋留下了。再说了，母亲千针万线好不容易才能做出一双鞋，谁舍得把鞋在烂泥里糟蹋呢！光脚踏泥巴，也有不好的地方，那就是容易滑倒，一不小心，就会滑得劈一个叉，或趴在泥水里，把自己弄成一头泥巴猪。另外，脚上和小腿上巴的泥巴糊子，到达目的地后须及时清洗掉，万不可让太阳晒干，或自己暖干。因为我们那里的泥巴很肥，肥得含有一些毒素，如果等它干在皮肤上的话，毒素渗进皮肤里，皮肤就会起泡，流黄水儿，那就糟糕了。

有一年秋天，我请探亲假从北京回老家看望母亲，赶上了连阴天。秋雨一阵紧似一阵，连扯在院子里树上晾衣服的铁条似乎都被连绵的雨水湿透了，在一串一串往下滴水。泥土经过浸泡，大面积深度泛起，使院子和村街都变得像刚犁过的水稻田一样。我穿上母亲给我借来的深筒胶靴，到大门口往街上看了看，村街上一个人都没有，只有几只麻鸭在水洼子伸着扁嘴秃噜。它们大概把村街当成了河。我打伞走到村后，隔着护村坑向村外望了望，只见白水漫漫，早已是泥淤路断。就这样，眼看假期就要到了，我却被生生困在家里。无奈之际，我只能躺在床上睡觉。空气湿漉漉的，房顶的灰尘和泥土也在下落。我睡一觉醒来，觉得脸皮怎么变得有些厚呢，怎么有些糙得慌呢，伸手一摸，原来脸上粘了一层泥。

那么，把路修一修不好吗？我们修不了天，总可以修一下地吧！修路当然可以，可地里除了土，就是泥，把地里的泥土挖出来铺在路上，除了下雨后使路上的泥巴更深些，还能有什么好呢！您说可以用砖头铺路？这样说就是不了解情况了。拿我们村来说，若干年前，差不多每家的房子都是土坯垒墙，麦草苫顶，家里穷得连支鏊子的砖头都没有，哪有砖头往泥巴路上铺呢！虽说砖头是用黏土烧成的，但它毕竟经过了火烧火炼，其性质已经改变，变成短时间内沤不烂的东西。人们看到一块砖头头儿，都像捡元宝一样赶快捡起来，悄悄带回家。让他把"元宝"拿出来，垫在路上，他哪里舍得呢！

这样说来，我们那里的人活该踏泥巴吗？祖祖辈辈活该在泥巴窝里讨生活吗？机会来了，机会终于来了！今年清明节前夕，我回老家为母亲上坟烧纸时，听说我们那里要修路，不但村外要修路，水泥路还要修到村子里头。这里顺便说一句，我的当过县劳动模范的母亲去世已经11年了，11年间我每年至少回老家两次，清明节前回去扫墓，农历十月初一之后回去为母亲"送寒衣"。每次回老家之前，我都要先给大姐或二姐打个电话，询问一下天气情况。老家若是阴天下雨，我就不敢回去，要等到天放晴，路面硬一些了，我才确定回去的日期。要是修了路就好了，我再回老家就可以做到风雨无阻。

2014年12月4日，也就是农历马年十月十三，我再次回到老家时，见我们那里的路已经修好了。抚今追昔，我难免有些感慨，对村支书说，日后刘楼村要写村史的话，修路的事一定要写上一笔。据族谱记载，我们的村庄在明代中后期就有了，村庄大约已经有四五百年的历史了。几百年间，村庄被大水淹没过，被大火烧毁过，被土匪践踏过，虽历经磨难，总算还是存在着，没有消失。与此同时，风雨一来，泥泞遍地，一代又一代人，只能在泥泞中苦苦挣扎。可以肯定地说，哪一代人都有修路的愿望，做梦都希望能把泥涂变成坦途。然而，只有到了这个时代，只有到了今天，这个梦想才终于实现了。从这个意义上讲，我们老家修路是五百年一遇，也是五百年一修。

村支书特地领着我在修好的路上走了一圈儿。路修得相当不错，路基厚墩墩的，平展的水泥路面在冬日的阳光下闪着白光。水泥路不仅修到了我们家的家门口，村后的护村坑里侧，也修了一条可以行车的路。如果家人驾车回家的话，小车可以直接开到家门口，还可以开到村后，通过别的村街，再绕回来。

我的乡亲们再也不用担心在阴雨天蹚泥巴了。不难想象，雨下得越大，我们的路就越洁净，越宽广，越漂亮！

2014年12月7日于北京和平里

在夜晚的麦田里独行

已经是后半夜，我一个人往向麦田深处走。

人在沉睡，值夜的狗在沉睡，整个村庄也在沉睡，仿佛一切都归于沉静状态。麦田上空偶尔响起布谷鸟的叫声，远处的水塘间或传来一两声蛙鸣，在我听来，它们迷迷糊糊，也不清醒，像是在发癔症，说梦话。它们的"梦话"不但丝毫不能打破夜晚的沉静，反而对沉静有所点化似的，使沉静显得更加深邃，更加渺远。

刚圆又缺的月亮悄悄升了起来。月亮的亮度与我的期望相差甚远，它看上去有些发黄，还有些发红，一点儿都不清朗。我留意观察过各个季节的月亮，秋天和冬天的月亮是最亮的，夏天的月亮质量总是不尽如人意。这样的月亮也不能说没有月光，只不过它散发的月光是慵懒的，朦胧的，洒到哪里都如同罩上了一层薄雾。比如月光洒在此时的麦田里，它使麦田变成模糊的白色，我可以看到密密匝匝的麦穗，但看不到麦芒。这样的月光谈不上有什么穿透力，它只洒在麦穗表面就完了，麦穗下方都是黑色的暗影。

我沿着一条田间小路，自东向西，慢慢向里边走。说是小路，在夜色里几乎看不到有什么路径。小路两侧成熟的麦子呈夹岸之势,差不多把小路占严了。我每往里走一步,不是左腿碰到了麦子,就是右腿碰到了麦子,麦子对我深夜造访似乎并不是很欢迎,它们一再阻拦我,仿佛在说:深更半夜的,你不好好睡觉,到我们这里来干什么!窄窄的小路上长满了野草,随着麦子成熟,野草有的长了毛穗,有的结了浆果,也在迅速生长,成熟。我能感觉到野草埋住了我的脚,并对我的脚有所纠缠,我等于蹚着野草,不断摆脱羁绊才能前行。面前的草丛里陡地飞起一只大鸟,在寂静的夜晚,大鸟拍打翅膀的声音显得有些响,几乎吓了我一跳,我不知不觉站立下来。我不知道大鸟飞向了何方,一道黑影一闪,不知名的大鸟就不见了。我随身带有一支袖珍式的手电筒,我没有把手电筒打开。在夜晚的麦田里,打手电是突兀的,我不愿用电光打破麦田的宁静。

我们家的墓园就在村南的这块麦田里,白天我已经到这块麦田里看过,而且在没腰深的麦田里伫立了好长时间。自从1970年参加工作离开老家,四十多年过去了,我再也没有在麦子成熟的季节回过老家,再也没有看到过大面积金黄的麦田。这次我特意抽出时间回老家,就是为了再看看遍地熟金一样的麦田。放眼望去,金色的麦田向天边铺展,天有多远,麦田就有多远,怎么也望不到边。一阵熏风吹过,麦浪翻成一阵白金,一阵黄金,白金和黄金在交替波涌。阳光似乎也被染成了金色,麦田和阳光在交相辉映。请原谅我反复使用金这个字眼来形容麦田,因为我想不出还有哪个高贵的字眼可以代替它。然而,如果地里真的铺满黄金的话,我不一定那么感动,恰恰是黄土地里长出来的成熟的麦子，才使我心潮激荡，感动不已。那是一种生命的感动，深度的感动，源自人类原始的感动。它的美是自然之美，是壮美、大美和无言之美。它给予人的美感是诗歌、绘画、音乐等艺术形式所不能比拟。

因为白天看麦田没有看够，所以在夜深人静时我还要来看。白天为实，夜晚为虚；阳光为实，月光为虚，我想看看虚幻环境中的麦田是什么样子。站在田间，我明显感觉到了麦田的呼吸。这种呼吸在白天是感觉不到的。麦田的呼吸与我人类的呼吸相反，我们吸的是凉气，呼的是热气，而麦田吸进去的是热气，呼出来的是凉气。一呼一吸之间，麦子的香气就散发出来。麦子浓郁的香气是原香，也是毛香，吸进肺腑里让人有些微醉。晚上没有风，不见麦浪翻滚，也不见麦田上方掠来掠去的燕子和翩翩起舞的蝴蝶。仰头往天上找，月亮升高一些，还是暗淡的轮廓。月亮洒在麦田里的不像是月光，满地的麦子像是铺满了灰白的云彩。一时间，我产生了错觉，以为自己站在云彩里，在随着云彩移动。又以为自己也变成了一棵小麦，正幽幽地融入麦田。为了证明自己没变成小麦，我掐了一只麦穗儿在手心里搓揉。麦穗儿湿漉漉的，表明露水下来了。露水湿了麦田，也湿了我这个从远方归来的游子的衣衫。我免不了向墓园注目，看到栽在母亲坟侧的柏树变成了黑色，墓碑楼子的剪影也是黑色。

从麦田深处退出，我仍没有进村，没有回到我一个人所住的我家的老屋，而是沿着河边的一条小路，向邻村走去。在路上，我想我也许会遇到人。夜行的人有时还是有的。然而，我跟着自己的影子，自己的影子跟着我,我连一个人都没遇到。河上有一座桥,我在那座桥上站下了。还是在老家的时候,也是在夜晚,我曾和邻村的一个姑娘在这座桥上谈过恋爱,那个姑娘还送给我一双她亲手为我做的布鞋。来到桥上,我想把旧梦回忆一下。桥的位置没变,只是由砖桥变成了水泥桥。桥下还有水,只是由活水变成了死水。映在水里的红月亮被拉成红色的长条,并断断续续。青蛙在浮萍上追逐,激起一些细碎的水花儿。逝者如斯,那个姑娘再也见不到了。

到周口市乘火车返京前,我和作家协会的朋友们一块儿喝了酒。火车开动了,我还醉眼蒙眬。列车在豫东大平原的麦海里穿行,车窗外金色的麦田无边无际,更是壮观无比。我禁不住给妻子打了一个电话,说大平原上成熟的麦子是全世界最美的景观,你想象不到有多么好看,多么震撼……我没有再说下去,我的喉咙有些哽咽。

2014 年 5 月 26 日至 29 日于北京和平里

老家的馍

我们老家把馒头叫馍。馍分杂面馍和好面馍,也叫黑馍和白馍。黑馍主要是用红薯片子面做成的,又黑又粘牙,一点儿都不好吃。红薯片子遇雨霉变后舍不得扔,仍要磨成面,做成馍。吃那样的黑馍跟吃苦药差不多,一嚼就想呕。大人教给我们的办法是,吃苦红薯片子做成的馍不要细嚼,更不要品味,用舌头扁一扁,赶快咽进肚子里。嘴有味觉,肚子没有味觉,哄不住嘴,至少可以哄一哄肚子。

我在农村老家时,一年到头几乎都是吃黑馍,只有过麦季子和过年时才能吃到白馍。麦子割完了,打完了,各家各户都分到一些新麦。社员们为了犒劳一下自己,也是为了过端午节,每家都会蒸一锅子白馍吃。过大年蒸的白馍要多一些,各家都要蒸三锅,或者蒸五锅。过年蒸白馍,打的是敬神仙敬祖宗的旗号,其实最终都被人吃掉了。小孩子盼过年,除了过年可以穿新衣服,放花炮,还有一个主要的原因,是过年时可以连续几天吃到白馍。白馍完全是由麦子磨成的面粉做成的,又大又圆,通体闪着白色的亮光,好看又好吃。我们吃白馍时总是很紧嘴,一出锅就想吃。还有,我们吃热气腾腾的白馍时不就什么菜，就那么掰开就吃。把白馍掰开时那种清纯的、扑鼻的麦香真是醉人哪，好吃得真是让人想掉泪啊！

北京人不把白馍叫馍，叫馒头。北京人天天可以吃到馒头，不过年时也吃。从这个意义上说，北京人每天都像是在过年。1966年冬天，我作为红卫兵到北京进行革命大串联时，就天天吃白面馒头。我住在北京外语学院的红卫兵接待站，除了吃白面馒头，还可以吃到肉片粉丝熬白菜，过的像是一步登天的日子。生活的改善虽说是临时性的，我并没有忘记在家里吃黑馍的母亲、姐姐、妹妹和弟弟。串联结束时，我想我得给家人带点儿什么东西回去。带什么呢？临进京时，母亲给了我一块钱。在北京七八天，我只花两毛钱在街头排队买了一本红皮《毛主席语录》，连一个商店都没进过，别的一分钱的东西都没买过。剩下的八毛钱还是可以买点儿东西的，但我不知道买什么，还有点儿舍不得花。我手里还有没吃完的饭票，一旦离开北京，饭票就成了废纸，为何不把饭票换成馒头带回家呢！我用饭票从外语学院的食堂换回六个馒头，包裹在粗布被子里，一路坐了火车坐汽车，下了汽车又步行二十多里，把馒头带回了家。回家打开被卷儿一看，馒头都干了，裂得开了花。母亲很高兴，说我从北京带回去的白馍都在笑。母亲还夸我顾家。我们家的每一个成员都吃到了我从北京带回去的白馍，神情都有些骄傲，好像北京的任何东西都是好的，白馍不仅有食品方面的意义，还有政治方面的意义。

生产队解散，土地分到各家各户之后，吃白馍的问题很快得到解决。乡亲们再也不必吃黑馍了，一天三顿饭，顿顿都可以吃到白馍，想吃几个就吃几个。此时我已从河南的煤矿调到北京工作,每年回老家探亲时,再也没有带过白馍。说起农村的变化,乡亲们都爱拿白馍说事儿,说现在日子好呀,天天都能吃白馍。好像白馍在他们嘴边挂着,开口就是白馍。又好像白馍是生活变化的一个显著标志,一提白馍,大家都知道生活变化到了一个什么程度。是的,据说我老家的村庄从明代就有了,祖祖辈辈几百年过去,哪一辈的人都想天天吃白馍,可愿望迟迟不能实现。只有到了今天,乡亲们吃白馍的愿望才终于实现了。也就是说,京城的人可以天天吃白馍,我们老家的人也可以天天吃白馍了。还拿过去只有过年时才能吃到白馍作比,我们老家的人每天的生活也差不多像过年一样了。

说来有点可笑的是,我不往老家带白馍了,却开始从老家往北京带白馍。母亲下世后,每年的清明节和农历的十月初一,我都要回老家到母亲坟前烧纸。我每次回家,住在邻村的大姐二姐都会各蒸一锅白馍给我吃。我在老家住上三天两天,大姐二姐蒸的白馍吃不完,我就把吃剩下的白馍装在塑料袋里,再装进拉杆旅行箱里,带回北京接着吃。

我妻子的老家在山东,她习惯了把馍说成馒头。她对我从老家往北京带馒头不太理解,说什么东西不好带,大老远的,带些馒头干什么!没错儿,别人送给我的有成箱的火腿肠、真空包装的牛肉、饮料,还有不少土特产,我都没有带,只带了馒头。妻子又说:全国各地的馒头北京都有卖,想买什么样的馒头都可以买到。随着妻子,不知不觉间我也把馍说成了馒头。我说:错,我们老家的馒头在北京就买不到。我吃了多种多样的馒头，怎么也吃不出老家馒头的那种味道。北京的馒头太白了，白得像是用硫黄熏过，让人生疑。北京的馒头多是用机器做成的，整齐划一，样子很好看，一捏也很暄腾，但里面不知添加了什么样的化学性质的发酵粉，吃起来没有面味儿，更谈不上麦子的原香味儿。也许北京的馒头以前是好吃的，现在不那么好吃了。也许是我自己变了，口味变得挑剔起来。反正我固执地认为，我们老家的馍味道是独特的，是不可代替的。

独特味道的形成，至少有这样几种因素。它是用新麦磨成的面做成的；面是用上次蒸馍留下的酵头子发起来的；馍是靠手工反复搓揉成型的；最后是用庄稼秆烧大锅蒸熟的。其中可能还有土地、水质和空气的原因，我就说不清了。为什么这样说呢，我向大姐二姐请教了蒸馍的全部工艺，过春节时在北京也试着蒸过馍，但蒸出来的馍与老家的馍的味道差远了。

我之所以对老家的馍如此偏爱，深究起来，也许与我的胃从小留下的记忆有关。听母亲讲，我出生刚满月不久，因母亲身上长了疮，奶水就没有了。怎么办呢，母亲让祖父或父亲每天到镇上买回一个馍，把馍在碗里掰碎，用开水泡成糊糊给我喝。馍糊糊代替的是母亲的乳汁，我是喝馍糊糊长大的。老家的馍的味道给我的胃留下的记忆如此根深蒂固，我对那种味道将终生不忘，终生向往。

把老家的馍带到北京的家，为防止馍发生霉变，我会马上把馍分装在保鲜袋里，并放进冰箱的冷冻盒里冻起来。想吃的时候，就拿出来馏一个。冷冻过的馍味道没有改变，馏好一尝，记忆即刻被唤醒。

馏馍时，妻子给我馏的是我从老家带回来的馍，给她自己馏的还是在北京买的馍。其实，我们老家的馍妻子也很爱吃，因见我特别爱吃，她就舍不得吃了。

2013 年 11 月 20 日至 22 日于北京小黄庄

我家的风箱

不时想起风箱，我意识到自己开始怀旧。这个旧指的不仅是过去时，不光是岁月上的概念，还包括以前曾经使用过的物件。随着时间的流逝，时代的变迁，一些东西确实变成了旧东西，再也用不着了。我所能记起的，有太平车、独轮车、纺车、织布机、木锨、石磨、石碾、碓窑子、十六两一斤的星子秤等，很多很多。也就是几十年的工夫，这些过去常用的东西都被抛弃了，由实用变成了记忆，变成了在回忆中才能找到的东西。

风箱也是如此。

我在老家时，我们那里家家都有风箱。好比筷子和碗配套，风箱是与锅灶配套，只要家里做饭吃，只要有锅灶，就必定要配置一只风箱。风箱长方形，是木箱的样子，但里面不装布帛，也不装金银财宝，只装风。往锅底放了树叶，擦火柴给树叶点了火，树叶有些潮，只冒烟，不起火。靠鼓起嘴巴吹火是不行的，嘴巴都鼓疼了，眼睛也被浓烟熏得流泪，火还是起不来。这时只需拉动风箱往锅底一吹，浓烟从灶口涌出，火苗子呼地一下就腾起来。做饭时从村里一过，会听到家家户户都传出拉风箱的声响。每只风箱前后各有一个灵活的风舌头,随着拉杆前后拉动,风舌头吸在风门上,会发出嗒嗒的声音。拉杆往前拉,前面的风舌头响,拉杆往后送,后面的风舌头响。拉杆拉得有多快,响声响得就有多快。那种声响类似戏台上敲边鼓的声音,又像是磕檀板的声音,是很清脆的,很好听的。因风箱有大小之分,拉风箱的速度快慢也不同,风箱的合奏是错落的,像是交响的音乐。

让人难忘的是我们自家的风箱。不是吹牛,我们家的风箱和全村所有人家的风箱相比,质量是独一无二的,吹出的风量是首屈一指的。在祖母作为我们家的家庭主妇时,我不知道我们家的风箱是什么样子,恐怕称不称得上一只风箱都很难说。反正从我记事起,从母亲开始主持家里的炊事生活,我们家就拥有了一只人见人夸的风箱。母亲的娘家在开封附近的尉氏县,离我们那里有好几百里。母亲嫁给父亲后,生了大姐二姐,又生了我和妹妹,大约十来年过去了,才回了一趟娘家。那时乡下不通汽车,交通不便,母亲走娘家,只能是走着去,走着回。母亲从娘家回来时,只带回了一样大件的东西,那就是风箱。步行几百里,母亲是把分量不轻的风箱背回来的。风箱是白茬,不上漆,也不要任何装饰。风箱的风格有些像风,朴素得很。母亲背回的风箱一经使用,就引得村里不少人到我们家参观。后来我才知道,母亲从远方的娘家带回的是制造风箱的先进技术,还有不同的风箱文化。从造型上看,本乡的风箱比较小,母亲带回的风箱比较高,风膛比较大;从细节上看,本乡的风箱是双杆,母亲带回的风箱是独杆。关键是风量和使用效果上的差别。本乡的风箱拉杆很快就磨细了,拉起来哐里哐当，快得像捣蒜一样，也吹不出多少风来。而我们家的风箱只须轻轻一拉，火就疯长起来，火头就顶到了锅底。

我们兄弟姐妹小时候，最爱帮大人干的活儿就是拉风箱。拉风箱好玩儿，能发出呱嗒呱嗒的响声。撒进锅底的煤是黑的，拉动风箱一吹，煤就变成了红的，像风吹花开一样，很快就能见到效果。母亲不但不反对我们拉风箱，还招呼我们和她一块儿拉。我们手劲还小，一个人拉不动风箱。常常是手把上一只小手儿，再加上一只大手，母亲帮我们拉。

那时我们没什么玩具，在不烧火不做饭的情况下，我们也愿意把风箱鼓捣一下。风箱的风舌头是用一块薄薄的小木板做成的，像小孩子的巴掌那样大。风舌头挂在风门口的内侧，把风门口堵得严严实实，像是吸附在风门口一样。我们随手在锅门口拣起一根柴棒，一下一下捣那个风舌头。把风舌头捣得朝里张开，再收手让风舌头自动落下来。风舌头每次落下来，都会磕在风箱的内壁上，发出嗒的一声脆响。我们捣得越快，风舌头响得就越快，风舌头像是变成了会说快板书的人舌头。我们还愿意挽起袖子，把小手伸进风门里掏一掏。我们似乎想掏出一把风来，看看风到底是什么样子。可我们空手进去，空手出来，什么东西都没能掏到。

与风箱有关的故事还是有的。老鼠生来爱钻洞，以为风箱的风门口也是一个洞，一调皮就钻了进去。老鼠钻进去容易，想出来就难了。有一个歇后语由此而来，老鼠掉进风箱里——两头受气。有一户人家，夜深人静之时，灶屋里传出拉风箱的声音，呱嗒呱嗒，呱嗒呱嗒，听来有些瘆人。三更半夜的，家里人都在睡觉，是谁在灶屋里弄出来的动静呢？那家的儿媳前不久寻了短见，是不是她还留恋这个家，夜里偷偷回来做饭呢？有人出主意，让那家的人睡觉前在风箱前后撒些草木灰，看看留下的脚印是不是他家儿媳的。如果是他家儿媳的脚印，下一步就得想办法驱鬼。那家人照主意办理，第二天一早，果然在草木灰上看到了脚印。只不过脚印有些小，像是黄鼠狼留下的。黄鼠狼爱仿人戏，风箱在夜间发出的呱嗒声，极有可能是黄鼠狼用爪子捣鼓出来的。

既然我们家的风箱好使，生产队里下粉条需要烧大锅时，就借用我们家的风箱。我初中毕业后第一次走姥娘家，是借了邻村表哥一辆破旧的自行车，骑着自行车去的。我的小学老师找到我，特意嘱咐我，让我给他捎回一只和我们家的风箱一样的风箱。我是用自行车把挺大个儿的风箱驮回去的。不止一个木匠到我家看过，他们都认为我们家的风箱很好，但他们不会做，也不敢做。我们家的风箱，是我母亲的一份骄傲。母亲为我们家置办的东西不少，恐怕最值得母亲骄傲的，还是她从娘家带回的风箱。

现在，我们老家那里不再使用风箱了。人们垒了一种新式的锅灶，为锅灶砌了大烟筒，利用烟筒为锅底抽风。还有的人家买了大肚子液化气罐，用液化气烧火做饭。扭动金属灶具上的开关，啪地一下子，蓝色的火苗儿呼呼地就燃起来。祖祖辈辈用了多少代的风箱，不可避免地闲置下来，成了多余的东西。什么东西都怕多余，一多余就失去了价值。据我所知，不少人家的风箱，最后都被拆巴拆巴，变成了一把柴，化成了锅底的灰烬。在风箱的作用下，不知有多少柴火变成了灰烬，风箱万万不会想到，它和柴火竟然是一样的命运。

  我家的风箱是幸运的。母亲在世时，我们家的风箱存在着。母亲去世后，我们家的风箱仍然在灶屋里存在着。我们通过保存风箱，保留对母亲的念想。物件会变旧，人的感情永远都是新的。

2014 年 1 月 24 日至 27 日于北京和平里

烟的往事

上个世纪七十年代，我在河南新密煤矿当工人时，每年都有十二天的探亲假。只要回家探亲，有两样东西是必须带的：一是烟卷儿，二是糖块儿。烟卷儿是敬给爷爷、叔叔们抽，糖块儿是发给孩子们吃。那时我们村在外边工作的人很少，我一回家，村里几乎所有的男人都愿意到我家跟我说话。他们听我讲讲外面的事情是一个方面，另一个方面也不必讳言，他们为的是能抽到烟卷儿，改善一下抽烟的生活。我们村的成年男人差不多都抽烟，但谁都抽不起烟卷儿。他们把烟卷儿说成是洋烟，说洋烟，好家伙，那可不是有嘴就能抽到的。平日里，他们用烟袋锅子抽旱烟，或把揉碎的烟末撒在纸片上，卷成"一头拧"，安在嘴上抽。我回家探亲，等于为他们提供了一个为数不多的抽洋烟的机会，或许他们都不愿错过这个机会。为了省钱，我自己不怎么抽烟，但我回家必须带足够的烟。

我乐意带烟给乡亲们抽。他们来我家抽烟，是看得起我，跟我不外气。我是拿工资的人，买几条烟我还是舍得的。我的小小的虚荣心让我变得有些大方，我手拿烟盒，一遍又一遍给他们散烟。我家的堂屋里老是烟雾腾腾，烟头子一会儿就扔满一地。我父亲也抽烟，而且烟瘾很大。然而在我九岁时，父亲就去世了，父亲没有抽过儿子买的一根烟。我给乡亲们上烟，权当他们代我父亲抽吧！

有一个梦，我不知道重复过多少遍。梦到我回家探亲，刚走到村头，就遇见了一个爷爷或一个叔叔。我的第一反应，就是马上给人家掏烟。我掏遍全身的口袋，竟没有掏出烟来。坏了，我忘记带烟了。我顿觉自己非常无礼，也非常难堪，有些无地自容的意思。我同时对自己的行为感到吃惊，以致惊出了一身汗。好在吃惊之后我就醒过来了，知道自己并没有做错事。这个梦让我明白，回家带烟的事是上了梦境的，可见我对此事多么重视。这个梦也一再提醒我，回老家千万别忘了带烟。

那时回家探亲，不能在家里闲着，还要下地和社员们一块儿干活儿。下地干活儿时，我也要带上烟，趁工间休息把烟掏给大伙儿抽。有一次，我掏出一整盒烟卷儿散了一圈儿，散到哑巴跟前时，烟没有了，独独缺了应给哑巴的一根。哑巴眼巴巴地看着我，等着我给他发烟。哑巴又哑又聋，我无法跟他解释。我把空烟盒在手里攥巴攥巴，意思是告诉他：对不起，烟没有了。可是，哑巴仍看着我手里攥成一团的烟盒。我只好把空烟盒扔在地上。让我没想到的是，哑巴一个箭步跳过去，把烟盒捡了起来，并把烟盒拆成烟纸，拿手掌抚平，装进口袋里。我知道了，对于哑巴来说，烟纸也是好东西，他可以把烟纸裁成纸片卷烟末抽。

我回老家带的烟，不一定是最好的。有老乡告诉我，老家的人抽惯了原烟、粗烟，带给他们的烟卷儿越好，他们抽起来越觉得没劲儿，不过瘾，只带一般的烟卷儿就行了。可是，我每次回老家，还是尽量买好一些的烟，从价钱上衡量，至少是中档以上的水平吧。我听说，谁回家带了什么牌子的烟，乡亲们是互相传告的，我带好一些的烟给乡亲们抽，不说别的，自己面子上会好看些。

有一年春天，我再次回老家看望母亲。有一个远门子的四爷向我提出，下次回来能不能给他带一盒中华烟。他把中华烟叫成大中华，说他听说大中华是中国最好的烟，可从来没抽过，要是能抽上一根大中华，这一辈子才算没有白活。四爷抽了我带回去的烟卷儿不够，还点着名牌跟我要烟，这有些出乎我的意料。但听他对中华烟如此看重，我还是答应了他的要求。我答应得不是很痛快，说只能买一下试试。

母亲看不惯四爷张口跟我要烟，要我不要搭理他。母亲还说，四爷为人粗暴，先后娶过两个老婆，都被他打跑了。对这样的人，不能信着他的意儿，不能他说什么就是什么。我说，四爷是一个长辈，当着那么多人，我不能让他把话掉在地上。至于能不能买到中华烟，我可没有把握，能买到就买，实在买不到，我也没办法。

一年过去，又该回老家看望母亲时，我记起四爷让我给他带中华烟的事。此时，我已从矿区调到煤炭部，在《中国煤炭报》社做编辑工作。我到一些商店问过，都不卖中华烟。营业员告诉我，中华烟是特供品，商店里是买不到的。这怎么办？说起来我是在北京工作，竟然连一盒中华烟都弄不到，也显得太没能耐了吧！我打听到，煤炭部的外事局备有中华烟，那是接待外宾用的。刚好我们报社有一位副总编在煤炭部办公厅工作过，跟外事局的人比较熟，我跟他说了原委，请他帮我弄一盒中华烟。我把事情说得有些严重，说这盒烟如果弄不到，我将无法面对家乡父老。副总编能够理解我的心情，几天之后，就把一盒中华烟交到我手里。

那是一盒硬盒包装的中华烟，整个盒子是大红色，一面的图案是天安门城楼，另一面的图案是华表。说来不好意思，在此之前，我从没有见过中华烟，更谈不上抽过中华烟，不知道中华烟有什么特别的好。这里顺便插一句，我不赞同用中华为一种烟命名。不管哪一种烟，都是对人的身体不利的东西，干吗用民族的名义为一种烟草冠名呢！

四爷一听说我回家，就到我家里去了。我把那盒中华烟原封不动给了他。他像是害怕别人与他分抽中华烟似的，把整盒烟往怀里一揣，赶快走掉了。

后来我听母亲说，四爷拿那盒中华烟不知跟多少人显摆过。在村里显摆不够，他还趁赶集时把烟拿到集上，跟外村的人显摆。显摆归显摆，谁想抽一根大中华那是不可以的。别说抽烟了，谁想接过去，摸摸都不行。他的借口是，烟盒还没拆开，只把烟在别人眼前晃一下，就揣到自己怀里去了。

再次回老家时我见到四爷，问他中华烟怎么样，好抽吗？四爷说，他一直没舍得抽，放的时间长了，受潮了，霉得长了黑毛儿。

2012 年 8 月 25 日于北京

母亲和树

2004年清明节，母亲去世一周年之际，我和弟弟为母亲立了一块碑。碑是弟弟在古城开封定制的。开封有着悠久的勒碑传统，石碑勒制得很是讲究，一见就让我们生出一种庄严感，不由得想在碑前肃立。和石碑同时运回老家的，还有六棵树，四棵柏树，两棵松树。墓地里最适合栽种的树木就是四季常青的松柏。松柏是守卫墓碑的，也是衬托墓碑的，有松柏树起，墓碑就不再孤立，就互相构成了墓园的景观。

栽树时，我们兄弟姐妹五人都参加了，有的刨坑，有的封土，有的浇水，把栽树当成了一种仪式，都在用心见证那一时刻。我们对树的成活率没有任何怀疑，因为我们那里的土地非常肥沃，如人们所说，哪怕是在地里埋下一根木棒，都有望长出一棵树来。何况弟弟从开封运回的都是生机勃勃的树苗，每棵树的根部都用蒲包裹着一包原土。我们开始憧憬，若干年后，当松柏的树冠如盖时，松是苍松，柏是翠柏，那将是一派多么让人欣慰的景象。我们还设想，等松柏成了气候，人们远远地就把松柏看到了，当是对母亲很好的纪念，绿色的纪念。

在我少年的记忆里，我们村二老太爷家的坟茔就是一个柏树园子。园子里的柏树有几十棵，每一棵岁数都超过了百岁。远看柏树园子黑苍苍的，那非凡的阵势让少小的我们几乎不敢走近。到了春天，飞来不少鹭鸶在柏树上搭窝，孵育小鹭鸶。那洁白的鹭鸶在树顶翻飞，如同一朵朵硕大无朋的白莲在迎风开放，甚是好看！可惜在1958年大炼钢铁时，那些柏树被青年突击队员们一夜之间全部伐倒，并送进小铁炉里烧掉了。从那以后，直到我们在母亲墓碑周围栽松柏之前，四十多年间，村里再也无人栽过松柏树。乡亲们除了栽种一些能收获果品的果树，就是栽一些能很快卖钱的速成树。因松柏树生长周期长，短时间内很难得到经济效益，人们就把松柏树放弃了。我们反其道而行之，把松柏树重新栽回到家乡那块土地上，所取不是什么经济效益，看重的是松柏的品质，以及为世人所推崇的精神价值。我们不敢奢望墓园里的松柏能形成柏树园子那么大的规模，也不敢奢望有限的几棵松柏能长成像柏树园子那样呼风唤雨的阵势，只期望六棵松柏树能顺利成长就行了。

让人意想不到的是，栽好松柏树，我回到北京不久，妹妹就给我打电话，说有一棵柏树因靠近别人家的麦地，人家往麦地里打除草剂时，喷雾飘到柏树上，柏树就死了。我一听，心里顿时有些沮丧。我听人说过，除草剂是很厉害的。地里长了草，人们不再像过去一样用锄头锄，只需用除草剂一喷，各种野草便统统死掉。柏树虽然抗得住冰雪严寒，哪里经得起除草剂的伤害！我有什么办法？我对妹妹说：

死就死了吧，死掉一棵，不是还有五棵嘛！

更严重的情况还在后头。现在收麦都是使用联合收割机，机器收麦留下的麦茬比较深，机器打碎的麦秸也泄在地里。收过麦子，人们要接着种玉米，就放一把火，烧掉麦茬和麦秸。据说火烧得很大，很普遍，夜间几乎映红了天际。就在我们种下松柏树的当年麦季，烧麦茬和麦秸的火焰席卷而来，波及松柏，使松柏又被烧死三棵，只剩下一棵柏树和一棵塔松。秋天我回老家看到，那棵幸存的柏树的树干还被收麦的机器碰掉了一块皮，露出白色的木质。小时候我们的手指若受了伤，习惯在伤口处撒点细土止血。我给柏树的伤口处揉了些黄土，祝愿它的伤口能早日愈合，并希望它别再受到伤害。

我母亲生前很喜欢栽树，对树也很善待。我家院子里的椿树、桐树等，都是母亲栽的。看见哪里生出一棵树芽，母亲赶紧找一个瓦片把树芽盖起来，以防快嘴的鸡把树芽啄掉。母亲给新栽的桐树绑上一圈刺棵子，以免猪拱羊啃。每年的腊八，我们喝腊八粥的同时，母亲也会让我们给石榴树的枝条上抹些粥。母亲的意思是说，石榴树也有感知能力，人给石榴树吃了粥，它会结更多的石榴。我们在母亲的长眠之处栽了松柏，母亲的在天之灵肯定是喜欢的。母亲日日夜夜都守护着那些树，一会儿都不愿离开。在我的想象里，夜深人静时，母亲会悄悄起身，把每棵树都抚摸一遍，一再赞叹：多好啊，多好啊！母亲跟我们一样，也盼着松柏一天天长大。然而，化学制剂来了，隆隆的机器来了，熊熊的烈火来了，就在母亲旁边，那些树眼睁睁地被毁掉了。母亲着急，母亲心疼，可母亲已经失去了保护树的能力，母亲很无奈啊!

按理说,我和弟弟还有能力保护那些树。只是我们早就离开了家乡,在城里安了家,只在每年的清明节和农历十月初一才回去一两次,不可能天天照看那些树。我想,就算我们天天在老家守着,有些东西来了,我们也挡不住。也就是说,我们只有栽树的能力,却没有保卫树的能力。好在六七年过去了,剩下的那棵松树和那棵柏树没有再受到伤害。塔松一年比一年高,已初具塔的形状。柏树似乎长得更快一些,树干有茶杯口那么粗,高度超过了石碑楼子,树冠也比张开的伞面子大得多。有风吹过,柏树只啸了一声,没有动摇。

在母亲去世八周年之际的清明节,弟弟又从开封拉回了四棵树,两棵松树,两棵金边柏。以前栽的树死掉了四棵,如今又拉回四棵,弟弟的意思是把缺失的树补栽一下。说起来,在母亲去世前,我们的祖坟地并没有在我们家的责任田里,母亲名下的一亩二分责任田在另一块地里。母亲逝世时,为了不触及别人家的利益,我们就与人家协商,把母亲名下的责任田交换过来,并托给一个堂哥代种。也就是说,我们在坟地里立碑也好,栽树也好,和村里别的人家的田地没有任何关涉,别人不会提出任何异议。

让人痛心和难以接受的是,2012年麦季烧麦茬和麦秸的大火,不仅把我们新栽的四棵松柏烧死了三棵,竟连那棵已经长成的柏树也烧死了。秋后我回老家给母亲烧纸时到墓园里看过,那棵柏树浑身上下烧得乌黑乌黑,只剩下树干和一些树枝。我给柏树照了一张相,算是为它短暂的生命立了一个存照。

我有一个堂弟在镇里当干部,他随我到墓园里去了。我跟堂弟交代说:这棵被烧死的柏树,你们谁都不要动它,既不要刨掉它,也不要锯掉它,就让它立在那里,能立多久立多久!

2013年2月18日至20日于北京和平里

石榴落了一地

我家院子里有一棵石榴树,是我祖父亲手栽下的。祖父已下世五十多年,石榴树至少也有五十多岁了吧。几十年来,我家的房子已先后翻盖过三次,每次翻盖都不在原来的位置,不是往后坐,就是往西移。不动的是那棵石榴树,它始终坚守在原来的地方。石榴树成了我们兄弟姐妹对老家记忆的坐标,以坐标为依据,我们才能回忆起原来的房子门口在哪里,窗户在哪里。当然,石榴树带给我们的回忆还很多,恐怕比夏天开的花朵和秋天结的果子还要多。

自从母亲2003年初春去世后,我们家的房子就成了空房子,院子里的花草树木再也无人管理。好在石榴树是皮实的,有着很强的自理能力,它无须别人为它浇水,施肥,打药,一切顺乎自然,该发芽时发芽,该开花时开花,该结果时结果,什么都不耽误。我们家的石榴被称为铜皮子石榴。所谓铜皮子,是指石榴成熟后皮子呈铜黄色,还有一些泛红,胭脂红。而且,石榴的皮子比较薄,薄得似乎能看出石榴籽儿凸起的颗粒。把石榴掰开来看,里面的石榴籽儿满满当当,晶莹得像红宝石一样,真是喜人。我们家的石榴汁液饱满,甜而不酸,还未入口，已让人满口生津。小时候吃我们家的石榴，我从来不吐核儿，都是连核儿一块儿嚼碎了吃。石榴核儿的香，是一种特殊的内敛的清香，只有连核儿一块儿吃，才能品味到这种清香。

母亲知道我爱吃石榴，老人家在世时，每年把石榴摘下，都会挑几颗最大的留下来，包在棉花里，或埋在小麦芡子里，等我回家去吃。有一年，母亲从老家来北京，还特地给我捎了两颗石榴。石榴是耐放的果实，母亲捎给我的石榴，皮子虽说有些干了，但里面的石榴籽儿还是一咬一兜水，让人吃在嘴里，甜在心里。

院子的大门常年锁着，石榴成熟了，一直没人采摘，会是什么样子呢？2011年秋后的一天，我回到老家，掏出钥匙打开院子的大门，一进院子，就把忠于职守的石榴树看到了。那天下着秋雨，雨下得还不小，平房顶上探出的两根排水管下面形成了两道水柱，流得哗哗的。我没有马上进屋，站在雨地里，注目对石榴树看了一会儿。石榴树似乎也认出了我，仿佛对我说：你回来了！我说：是的，我回来了！想到我以前回家，都是母亲跟我打招呼，而现在迎接我的只有这棵石榴树，我的双眼一下子涌满了泪水。我看到了，整棵石榴树被秋雨淋得湿漉漉的，像是沾满了游子的眼泪。石榴树的叶子差不多落完了，只有很少的几片叶子在雨点的作用下簌簌抖动。石榴树的枝条无拘无束地伸展着，枝条上挂着一串串水晶样的水珠。我同时看到了，一些石榴还在树上挂着，只是石榴的皮子张开着，石榴已变成了一只只空壳。那些变成空壳的石榴让我联想起一种盛开的花朵，像什么花朵呢？对了，像玉兰花，玉兰花开放时，花朵才会这样大。不用说，这些空壳都是小鸟儿们造成的。有一些石榴成熟时会裂开，这为小鸟儿吃石榴籽儿提供了方便。就算大多数石榴不裂开，小鸟儿尖利的喙把石榴啄开也不是什么难事。不难想象，小鸟儿们互相转告了石榴成熟的信息，就争先恐后地飞到我们家院子里来了。它们当中有喜鹊、斑鸠、麻雀，还有一些不知名的小鸟儿。众鸟儿欢快地叫着，且吃且舞，如同举行一场盛大的宴会。它们对无人看管的石榴不是很爱惜，吃得不是很节约。有的把一颗石榴吃了一半，就不吃了。有的踩在石榴上玩耍，把石榴蹬得落在地上，就不管了。

往石榴树下看，落在地上的石榴更多，可以说是落了一地。石榴的皮都敞开着，可见都被小鸟儿吃过。那些铺陈在地上的石榴不是同一时间落下来的，因为有的石榴皮已经发黑，有的还新鲜着。所有新鲜的石榴皮里，都嵌有一些石榴籽儿。在雨水的浸泡里，那些玉红色的石榴籽儿没有马上变白变糟，在成窝儿的雨水的凸透作用下，似乎被放大了璀璨的效果。可以设想，这些石榴如及时采摘，恐怕装满两三竹篮不成问题。因无人采摘，只能任它们落在地上。在我为落地的石榴惋惜之时，又有一只喜鹊翩然飞来，落在石榴树上。喜鹊大概发现石榴树的主人回来了，似乎有些意外，并有些不好意思，把树枝一蹬，展翅飞走了。

第二天上午，雨停了。我拿起铁锨，开始清理落在地上的石榴。落在地上的不仅有石榴，还有枯叶。那些枯叶有大片的桐树叶、杨树叶，还有小片的椿树叶、槐树叶、竹叶和石榴叶等，至少积累有两三层。最下面的树叶已经发黑，腐烂；中间层的叶片尚且完整；最上面的石榴叶还是金黄的颜色。我家院子的地面没有用水泥打地坪，而是用一块块整砖铺成的。让我没想到的是，道道砖缝里竟长出了不少野菜，那些新生的野菜叶片肥肥的，碧绿碧绿的，跟几乎零落成泥的枯叶形成鲜明对照。那些厚厚的、软软的东西很好清理，我用铁锨贴着地面一铲，就铲起满满一锨。如把这些包括石榴、枯叶和野菜在内的东西集中在一起，会堆起不小的一堆。我把这些东西堆到哪里去呢？我想了想，就把它们堆在石榴树的根部吧。它们会变成腐殖土，会变成肥料，对保护石榴树的根是有利的。

我只在家里住了两天，就辞别石榴树，锁上院子的门，离开了老家。我确信，到了明年，石榴树会照常发芽，照常开花，照常结果。不管有没有人欣赏它，它光彩烁烁的红花仍然会开满一树。不管有没有人采摘石榴，它照样会结得硕果累累，压弯枝头。

2011 年 12 月 29 日于北京和平里

拾豆子

下过一场秋雨,天放晴了。午后我和妻子在京郊的田野间闲走。我们没有目的地,随便在山脚和田间的小路上漫步,走到哪里算哪里。山是青山,高处以松树为主,低处才是果园和多种杂树。霜降的节气过了,杂树的树叶已经有所变化,有黄有红有紫,呈现的是斑斓之色。田里的玉米棒子都收走了,玉米棵子有的被放倒,有的还在田里站着。躺在地里的玉米棵子经雨水一淋,散发出一种甜丝丝的气息。田边儿的牵牛花儿正在开放,越是到了秋天,它们的喇叭花儿开得越密,色彩愈加艳丽。有的牵牛花儿把"喇叭"牵到酸枣树的最高处,仿佛在对天鸣奏。结满红珊瑚珠一样的酸枣树,似乎并不反对牵牛在它们头顶吹"喇叭",或许它们正想宣传自己的果实呢。一块小菜园在收过庄稼的地头显现出来,小菜园里辣椒的叶子还绿鲜着,辣椒却是红的,欲滴的样子。还有坡坎处大片大片的芦荻花。芦荻花的花穗是银灰色,在秋阳的照耀下闪射着银色的光芒。我和妻子各采了一些芦荻花,合在一起,扯一根草茎扎起来,就是一把膨大的花束。妻子把花束的花头在脸上触了触,说真软和。

来到一块割过豆子的地边，我提出到地里看一看，能不能拾一点豆子。我从小在农村长大，小时候每年秋天都到地里拾豆子。妻子小时候生活在矿区，她也有过到附近农村田地里挖野菜、溜红薯的经历。加上她后来当过知青，下乡插过队，我们对田地里土生土长的一切都有着共同的兴趣。下过雨的田地有些暄，有些陷脚，我们一踏进地里，鞋上就沾了泥。既然想拾豆子，就不能怕鞋上沾泥。豆子收割得很干净，乍一看只见豆茬，还有聚集在垄沟里的一些豆叶。但不管豆子收割得再干净，总会有一些豆粒在事先炸开的豆角里跳将出来，散落在地上，并埋在浮土里。妻子先发现了一粒豆子，捏在手上给我看，很欣喜的样子。我发现的豆子比她还多，我一下子拾到了三粒豆子。我从随身挎着的背包里翻出一个塑料口袋，把我们拾到的豆子集中放在塑料袋里。若不是下雨，这些小小的黄豆粒是很难被发现的。黄豆粒大概也不愿被埋没，它们盼着：给我雨，给我水！雨下来了，雨水剥开了浮土，淋在豆粒身上，豆粒很快便以又白又胖的姿态呈现出来。被雨水淋湿的豆叶巴巴地贴在地上，散发的是一股股糟香。用手搂开垄沟里的豆叶，常常能让人眼前一亮，禁不住叫出好来。因为豆叶下面往往藏着一窝白胖喜人的豆粒。覆盖着的豆叶让我想起玩把戏的人常用的一块布单，布单一掀开，说声变，把戏就变了出来。这里的把戏是豆粒。

没有风，天蓝得有些高远。我和妻子在地里低头寻觅，黄黄的秋阳照在身上暖暖的。一只灰色的蚂蚱从我脚前飞起来，发出细碎的响声。蚂蚱没飞多远，便停了下来。一只大腹便便的螳螂，立在一棵豆茬上，做的是张牙舞爪的样子。我们只是欣赏它，没有招惹它。不知从哪里传来一声长长的鸡啼，随着鸡啼传过来的似乎还有缕缕炊烟味儿。我对妻子感叹说：好久没听见公鸡的叫声了，听来真是亲切。妻子说我是老农民，我愿意承认，自己的确是一个老农民。

我记起小时候有一次拾豆子的事。夜里下了雨，第二天一早，母亲就把我和两个姐姐喊起来，让我们到西南地里去拾豆子。天气阴冷，不时还有雨丝飘下来。我们身上直打哆嗦。到地里拾豆子的小孩子恐怕有几十个，我们一来到地里，一看到被雨水淋得膨胀起来的豆子，就把冷忘记了。我那天拾的豆子并不多，该回家吃早饭时，我拾到的豆粒只有半茶缸。而我的两个姐姐提的是竹篮子，她们拾到的豆子都比我多得多。母亲看到了会不会嫌我拾得少呢？我想了一个办法，用我拾到的豆粒，和村里的一个小伙伴交换了一些豆角子。我把占地方的豆角子垫在茶缸子下面，把豆粒盖在上面，这样一来，从表面看，豆粒几乎是一茶缸，就显得多了。湿豆子需要晾，两个姐姐一回到家，就把拾到的豆子倒在堂屋当门的地上了。尽管我把拾到的豆子跟两个姐姐拾到的豆子倒在了一起，我弄虚作假的事还是被母亲发现了。母亲很生气，认为我做下了一件错事，还是严重的错事。母亲说我从小就这么不诚实，长大了不知怎么哄人呢。为了让我记住这次教训，母亲不仅严厉地吵了我，还对我作了处罚，不许我吃早饭。这件事给我留下了深刻的印象，几十年过去，只要一看到豆子，或只要一提到豆子，我都会联想起这件事。在地里拾豆子，我又对妻子讲起了这件事。母亲已去世多年，一说到母亲，我眼里顿时泪花花的。

我和妻子心里都清楚,我们踩着湿地在地里拾豆子,并不是因为我们家缺豆子。人家送给我们挺好的豆子,我们拿回家就放下了,老是想不起来吃。我们不在意豆子本身的价值,我们拾起的是记忆,是乐趣,是童心,是一种比豆子富贵得多的精神性的东西。

话虽然这么说,这次我和妻子共同拾回的半塑料袋子豆子,我可舍不得随手丢弃。把豆子拿回家,我用清水洗了两遍,当晚熬粥时,就把豆子放到锅里去了。您别说,自己拾回的豆子吃起来就是香。

2011年11月3日于北京和平里

瓦非瓦

我们祖上住的房子是楼房，砖座，兽脊，瓦顶。楼前延伸出来的有廊檐，支撑廊檐的是明柱，明柱下面还有下方上圆的础石。在兵荒马乱的年代，这座被称为我们刘楼村标志性的建筑被土匪烧毁了。因为楼房是瓦顶，不是草顶，一开始土匪不知道怎么烧。还是我们村有人给土匪出主意，土匪把明柱周围裹上秫秆箔，箔里再塞满麦秸，才把楼房点着了。据老辈人讲，当楼房被点燃时，在热力和气浪的作用下，楼顶的瓦片所呈现的是飞翔的姿态。它们或斜着飞，或平着飞，或直上直下飞，像一群因受惊而炸窝的鸟。不同的是，鸟一飞就飞远了，而瓦一落在地上就摔碎了。

到了我祖父那一辈，我们家的房子就变成了草房。底座虽说还是青砖，那是烧毁后的楼房剩下的基础。房顶再也盖不起瓦，只能用麦草加以苫盖。没有摔碎的瓦搜集起来还有一些，只够压房脊和两侧的屋山用。越往后来，瓦越成了稀罕之物。我青年时代在生产队干活儿时，曾做过砖坯子，但从来没做过瓦坯子。据说做瓦坯子的工艺比较复杂，须把和好的胶泥贴在一个圆柱体上，使圆柱体旋转，致胶泥薄厚均匀，并成筒状，然后把筒状的东西切割成三等份，三片瓦坯子便做成了。把晾干的瓦坯子一层一层码在土窑里烧，还要经过闷，泅水，最后才成就了青瓦。除了这种片瓦，还有筒子瓦、屋檐滴水瓦、带图案的瓦当等，做起来更难。可以说每一种瓦的制造过程都需要匠心和慧心的结合，都是技术含量和艺术含量颇高的工艺品。

我和弟弟参加工作后，母亲有一个很大的愿望，是把我们家的老房子扒掉，翻盖成瓦房。逢年过节，我们给母亲寄一些钱，母亲舍不得花，都存起来，准备翻盖房子。母亲平日里省吃俭用，把卖粮食和卖鸡蛋的钱也一点一点攒下来，准备买瓦。母亲一共翻盖过两次房子，第一次把我们家的房子盖成了瓦剪边，第二次房顶上才全部盖上了瓦。看到母亲一手操持盖成的瓦房，我嘴里称赞，心里却有些遗憾。因为房顶上盖的瓦不是手工制作的细瓦，而是机器制作的板瓦。细瓦排列起来鳞次栉比，是很美观的。板瓦平铺直叙，一点儿都不好看。

母亲病重期间，由我和弟弟做主，把我们家的房子又翻盖了一次。这次以钢筋水泥奠基，以水泥预制板打顶，盖成了坚固耐久的平房。平房的特点是，一片瓦都不用了。那些淘汰下来的机制瓦被人拉走了，而那些原来用作压房脊和屋山的手工瓦却没人要，一直堆放在我家院子的一棵椿树下面。夏天来了，疯长的野草把那堆瓦覆盖住。冬天来了，野草塌下去，那堆瓦又显现出来。有一年秋天，我回老家看到了那堆被遗弃的瓦。那些瓦表面生了一层绿苔，始终保持着沉默。看着看着，我突然发现，那些饱经风霜、阅尽沧桑的瓦像是在诉说着什么。它们可能在诉说它们的经历和它们的遭遇。不错，那些瓦的来历已经有些久远。以前，我只认为我们家的一张雕花大床、几把硬木椅子和一张三屉桌，是祖上传下来的、值得珍视的老物件，从来没把泥巴做的瓦放在眼里。现在看来，瓦在我们家的历史更长一些。瓦是一条线索，也是一种记忆。通过瓦这条线索，可以串起我们家族的历史。通过瓦的记忆，可以让我们回想起家族的变迁。那些瓦起码是我们家的文物。从现在起，我不能不对瓦心怀敬畏。

2011 年 3 月 3 日于北京和平里

兔子的精神

兔子分两种，家兔和野兔。家兔很可爱，野兔跑得快。我这次把目光投向越来越少的野兔，想着重把在田野里野生野长的兔子说一说。

在虎年的小满之后，我特意回到老家看收麦。麦子已经成熟，在一马平川的大平原上，到处都是黄金铺地般的富丽色彩。我每天在麦田间的小路上走来走去，尽情享受麦子的芬芳。缠绕在麦穗上的狗儿秧的喇叭花，一只翩翩飞舞的白蝴蝶，在我头顶喳喳叫着的喜鹊，还有水边陡起的长腿鹭鸶，都让我感到一种久违的美。更出人意料的是，有一天下午，在前面一块麦子地头的小路上，我竟然看到了一只兔子。兔子是银黄色，和麦子的背景几乎融为一体。可我还是把兔子看到了，因为麦子是静态，兔子是动态。好久没看到家乡的野兔了，野兔的出现不免让我有些惊喜，我差点叫了一声兔子！我没有叫，我怕吓着了兔子。我停下脚步，没有再往前走。我想对兔子传达一个信号：我对它是友好的。还好，兔子没有立即隐入麦丛中去，它竖起双耳，也停下了。我断定这只兔子是一只新生的兔子，对人类还不是很害怕。于是，我悄悄拿起照相机，想把这个朋友照下来。兔子大概发觉了我的举动，不能理解照相机是什么玩意儿，还没等我把镜头对准它，它就快速向前跑去。它顺着小路又跑了一阵儿，才身子一拐，遁入浩瀚如大海一样的麦地。

这个时候的兔子是幸福的。田边地头野草茂盛，可以说它们左右逢源，每天都有享用不完的大餐。这个时候的兔子也是安全的。麦子从青纱帐变成了黄纱帐，它们在金色的帐子里自由穿梭，或唱歌跳舞，或结社集会，或卿卿我我，反正想干什么都可以。

麦子收割时，等于把野兔们赖以藏身的黄纱帐收走，野兔们就得面临危险。我少年时代在老家的生产队参与割麦，割着割着，每每看见一只兔子腾地跃起，向另一块尚未收割的麦地跑去。社员们对兔子都很感兴趣，大家停下割麦，站起来以手罩眼，一齐对兔子呐喊。有的人还试图朝兔子追过去。但兔子四条腿，人只有两条腿，人的奔跑速度比兔子差远了，人的呐喊和追赶只不过是虚张声势而已。这时，同样长有四条腿的狗跳出来了，奋勇向兔子追去。平日里，习惯了看人们脸色的狗们因不敢对主人有过多超越，跑起来总是颠儿颠儿的，速度不是很快。如今面对兔子，狗们像是总算找到了用武之地，也得到了在人们面前露脸儿的机会，杀下身子，跑得风驰电掣一般。结果怎么样呢？狗们往往空嘴而归。狗跑得是很快，但兔子跑得更快。兔子跑起来像一朵金色的雾，在田野里飘飘忽忽，让狗望尘莫及。

对野兔们来说，最严峻的时刻是收秋之后和飘雪的冬季。此时场光地净，无遮无拦，野兔们不仅食物匮乏，连找一个藏身之所都很难。而贪婪的人们收获了庄稼还不够，还要像收获庄稼一样收获肉质的兔子。人出动了，狗出动了，在我们那里被称为兔鹘的一种猎隼也出动了。如果人和狗是围捕野兔的地面部队，兔鹘就是人们所豢养的空中打击力量。与人、狗和鹘比起来，野兔们属于真正的弱势群体。只有野草是它们的朋友，别的动物几乎都是它们的敌人。但兔子也要生存，也有使族类得到繁衍的权利。它们的生存法则决定了它们并不是一味向强势群体屈服，除了逃跑，它们有时还表现出一种抗争的精神。有一次我看打围时亲眼所见，当兔鹘在空中斜刺里向一只野兔俯冲下来时，野兔竟猛地跳将起来，用头向兔鹘顶去。兔鹘猝不及防，被闪落在地，扑了一个空。兔鹘再起飞，飞到一定高度，再次向野兔发起冲击。而野兔毫不畏惧，在奔跑中瞅准时机，再次跳起来，直着身子向兔鹘的腹部撞去。这一幕让我震撼，甚至有些紧张，我万万没有想到，小小的野兔竟敢与那么强大的敌人抗争。从那一刻起，我站到了野兔一边，希望野兔把不可一世的、武装到翅膀的敌人顶翻，成为最终的胜利者。然而遗憾，由于兔鹘一而再、再而三地干扰了野兔的奔跑速度，从后面追过来的狗还是把野兔咬住了。

我还听说过一个让人更加难忘的故事。在某个萧飒的冬季，当一只老鹰将利爪刺进一只野兔母亲的臀部时，野兔母亲没有回头，没有犹豫，拖着老鹰继续奋力向前奔跑，一直把老鹰拖进一片长满硬刺的荆棘丛中。老鹰被刮得少皮没毛,野兔母亲悲壮地与老鹰同归于尽。出于对野兔母亲的敬佩,我曾把这个故事写成了一篇短篇小说,小说的题目叫《打围》。

2011 年 1 月 25 日(春节前夕)

卖烟叶儿

不是谁都会卖东西，我在卖东西方面就很无能。

记得上初中一年级的时候，我到集上卖过一次烟叶儿。那是一次失败的经历，至今想起来仍让我感到惭愧。

新学期开始了，我还没有交学费。班主任老师在课堂上讲，哪些同学的学费还没交，尽快交一下。老师虽然没有点我的名，我知道还没交学费的同学中有我一个。拖过初一，拖不过十五，交学费的事是拖不掉的。老师催我，我就回家催母亲。母亲决定，让我自己到集上去卖烟叶儿，用卖烟叶儿换来的钱去交学费。

平日里，我需要买一张白纸钉作业本，或买别的学习用品，母亲都是拿鸡蛋换钱给我。当时一个鸡蛋只能卖三分钱，母鸡又不能保证每天都能下一个蛋，交学费所需的钱比较多，要是等到把鸡蛋攒得足够多再卖钱交学费，母鸡的功德是圆满了，我的学也别上了。以前，家里需要给我交学费时，母亲都是卖粮食，卖小麦或者卖豆子。这一次母亲舍不得卖粮食了，拿烟叶儿代替粮食。

我们家的屋子后面，有一片空着的宅基地。那片地种别的东西都长不住，不够鸡叼猪拱的，唯有种辛辣的、具有自我保护能力的烟叶儿，才会有所收成。母亲把肥厚的、绿得闪着油光的烟叶儿采下来，用麻经子拴成串儿，挂到墙上晒干。然后把又干又黄的烟叶儿扎成等量的一把儿一把儿，放在篓子里储藏起来。我父亲1960年去世后，家里没有人再吸烟。烟又不能当饭吃，母亲种烟，看取的是它的经济价值，目的就是为了卖钱。

我说：我不会卖。

母亲说：你都上中学了，难道连个烟叶儿都不会卖吗？不会卖，就别上学了！

那天是个星期天，母亲和大姐、二姐天天在生产队里出工，挣工分，她们根本没有星期天的概念。学不能不上，我只好硬着头皮，把拿烟叶儿换学费的任务承担下来。

每把儿烟叶儿的价钱都一样，母亲跟我说了定价，叮嘱我要把价钱咬住，少于这个价钱就不卖。母亲有些不放心似的问我：记住了？

我点点头，表示记住了。

集上总是很热闹，我喜欢赶集。但我以前赶集，都是看别人卖东西，自己从来没卖过东西，也没有想到过有朝一日我也会到集上卖东西。用母亲做饭时穿的水裙，兜着六把烟叶儿，来到离我们村三里之外的集上，我有些羞怯，还有些莫名的紧张。我找到街边地摊儿之间的一个夹缝，把水裙铺在地上，把烟叶儿露出来。街上人来人往，熙熙攘攘，我不敢看人，退后一点站着，只低头看着放在脚前地上的烟叶儿。我家的烟叶儿当然很好，焦黄焦黄，是熟金一样的颜色。随便揪下一片，揉碎放进烟袋锅儿里，点火就可以吸。可我心里却在打鼓，烟叶儿有没有人买呢？

一个老头儿过来了，他把我叫学生，问烟叶儿多少钱一把儿。我说了价钱。他问少了卖不卖？我说不卖。他就走了。

一个妇女过来了，她把我叫这小孩儿，问烟叶儿多少钱一把儿。我说了价钱。她问少了卖不卖？我说不卖。她也走了。

好不容易等来两个问价钱的人，他们问了价钱就走了。是不是母亲把价钱定高了呢？要是烟叶儿卖不掉怎么办呢？我开始有些着急。烟叶儿是很焦，但我心里好像比烟叶儿还焦。

这时旁边有一个卖包头大白菜的大叔似乎看出了我的焦急，对我说：你得吆喝，不会吆喝可不中。说着，给我做示范似的大声吆喝：卖白菜了，瓷丁丁的大白菜，往地上一砸一个坑，买一棵顶两棵！

我哪里会吆喝！我会唱歌，我会在课堂上喊起立，坐下，让我吆喝卖烟叶儿，我可吆喝不出来。大叔吆喝之后，眼看买他白菜的人果然比刚才多。我要是吆喝一下，也许注意到我的烟叶儿的赶集者也会多一些。可是，我就是张不开口，也不知道吆喝什么。

太阳越升越高，我的烟叶儿一把儿都没卖掉。我那时耐心还不健全，钓起鱼来还算有点儿耐心，卖起东西来耐心就差远了。我想如果再等一会儿烟叶儿还卖不掉，我就不卖了，把烟叶儿原封不动提溜回家。回家后我会跟母亲赌气，不再去上学，看母亲怎么办！

这时那个把我叫小孩儿的妇女又转了回来，她蹲下身子，一边用手摸烟叶儿，一边跟我讲价钱，她说便宜点儿吧，如果便宜点儿，她就买一把儿。还说卖东西不能太死性,不能把价钱咬死,那样的话,到散集东西都卖不掉。她讲的价钱和我母亲定的价钱每把儿烟叶儿少了五分钱。这一次我没有说不卖,我皱起眉头,有些犹豫。

见妇女跟我讲价钱,又过来一个男的给妇女帮腔,说卖吧卖吧,你要是便宜卖,我就买两把儿。他把我叫成男子汉,说一个男子汉,要自己拿主意,办事要果断。

我怎么办?我的头有些发蒙,不知道主意在哪里。我不敢说同意,也不敢说不同意。我要是同意卖呢,就等于没听母亲的话,没把价钱咬住。要是不同意卖呢,我担心如果再错过机会,烟叶儿真的就卖不掉,学费就交不成。

那个男的大概看出了我的犹豫,他把两把儿烟叶儿抓在手里,开始按他们讲的价钱给我付钱,说好了,收钱吧。

我真傻,我像没见过钱似的,竟把钱接了过来。这一收钱不要紧,那个妇女也要了两把儿烟叶儿,按她讲的价钱给我付了钱。他们讲的价钱是强加给我的,但我没有坚持母亲给我的定价,等于做出了让步。不知从哪里又钻出两个人,他们像抢便宜似的,买走了最后两把烟叶儿。

当六把儿烟叶儿全部被人拿走,地上只剩下水裙时,我才意识到坏了,我做下错事了。一把烟叶儿少卖五分钱,六把烟叶儿就少卖了三毛钱。三毛钱在当时可不算个小钱,十个鸡蛋加起来才能卖这么多钱啊!母亲知道我少卖了这么多钱,不知怎么生气呢,不知怎么吵我呢!

母亲是有些生气，但并没有怎么吵我。母亲说：你这孩子，耳朵根子怎么那么软呢！

从那以后，母亲再也没让我到集上卖过东西。

2014 年 12 月 30 日于北京和平里

麦秆儿戒指

新麦秆儿柔韧性好，用来编戒指最合适。取一根新麦秆儿，掐头去尾，只留中间那一段，几捏几编，一枚簇新的戒指就做成了。麦秆儿戒指不是银色，是金色，白金色。在阳光的照耀下，麦秆儿戒指闪烁着白金一样的光泽。以前，在麦收时节，我们那里的姑娘每人手上都会戴一到两枚麦秆儿戒指。任何金属和珠玉的戒指都不香，而戴在手指上的麦秆儿戒指放在鼻子上一闻，呀，还有一股子香气呢，那是新麦秆儿沁人肺腑的清香。

新麦秆儿除了可以做戒指，还可以做耳坠儿，制团扇，编草帽辫子。我大姐用新麦秆儿编草帽辫子最在行，七股麦莛儿在她手上绕来绕去，一根长长的草帽辫子就拖了下来。草帽辫子是缝草帽用的，当草帽辫子编够一大盘时，大姐便开始缝制草帽。我在老家当农民时，大姐每年都要给我缝制一顶新草帽。大姐用新麦莛儿做成的草帽形状好，帽檐宽，紧凑，结实，我风里雨里戴一个夏季，帽檐儿都不会下垂。

当然了，麦秆儿的用途还有许多。在生产队那会儿，麦秆儿大的用途主要有两项。一项是在烈日下把麦秆儿顶部的麦粒摔去，把扎成捆儿的麦秆儿分给社员苫房用。那时我们村几乎全是草房，苫房顶只能用麦秆儿。再一项是用石磙把麦秆儿碾碎，垛起来，常年给牲口作饲料。

您说烧锅，是的，拿麦秆儿当燃料烧锅也不错。可是，麦秆儿那么宝贵的东西，谁舍得拿它烧锅呢！那烧锅怎么办呢？人们只好拉起竹筢子，在割过麦子的地里一遍又一遍搂干枯的麦叶和草毛缨子。把地里搂得干干净净不算完，人们还用镰刀把浅浅的麦茬和埋在土里的麦根刨出来烧锅。我大姐、二姐每年麦季都要到地里刨麦茬、麦根。毒太阳在头顶烤着，地上的热气往上蒸着，她们满脸通红，汗湿鬓发，两只胳膊每年都要被晒得脱去一层皮。在那个时候，可以说人们对麦叶儿、麦秆儿、麦根都不愿意舍弃，真正做到了物尽其用。

谁也没有料到，一步一步走到现在，麦秆儿竟然成了无用的东西。现在人们犁地用拖拉机，耩地用播种机，收麦用联合收割机，再也不用黄牛了。既然乡亲们不再养牛，给牛作饲料的麦秸就省下了。现在人们扒掉了草屋，纷纷盖起砖瓦房和楼房，用麦秆儿苫房顶的历史像是一去不复返了。现在人们烧锅用柴也挑剔起来，他们嫌麦秆儿着得太快，得不停地往锅底续柴，发热量也不高。而用玉米秆儿、芝麻秆儿要省事好多，火力也大一些。还有的人家干脆什么柴火都不烧了，改成了烧煤，或者烧用大肚子钢瓶盛的液化气。

小麦的单位面积产量大幅度提高了，麦秆儿也相应增加不少。小麦可以吃，可以卖钱，那么多麦秆儿派什么用场呢？有人就地取材，以麦秆儿作原料，办起了造纸厂。一时间，小造纸厂遍地开花，沿河两岸不远处就能看到一个造纸厂。那么多造纸厂可不得了，因造纸厂的污水都往河里排，坑里排，河里和坑里的水很快变成了黑的，恐怕跟酱油的颜色差不多。这样的黑水是有毒的，结果水里的鱼虾都被毒死了，连水边生命力很强的芦苇也不再发芽。直到吃水井里也渗进了被污染的水，人们才惊慌起来：人要吃粮食，还要喝水，如今有粮食吃了，水不能喝了也不行啊！

小造纸厂被一律关闭之后，收麦后剩下的麦秆儿人们不再往家里收拾了，他们放一把火，在原地把麦秆儿点燃了。因联合收割机排泄的碎麦秆儿遍地都是，地里遗留的麦茬也很深，点燃很容易，不管从哪个地角点起，陡起的火焰便如漫灌浇地的水头一般，很快在地里蔓延开来。你家放火，我家也放火，在收麦的那些天，可说是到处起火，遍地狼烟。到夜里再来看，明火无边无际，映红了天边，像传说中的火烧连营一样。浓烟滚滚带来的直接后果，不仅影响了路上行车，还侵入村庄，影响到人们的呼吸。人们一吸入辣喉咙的烟雾，便被呛得咳嗽起来。人们似乎这才意识到，人除了喝干净的水，还要呼吸干净的空气。

再收麦时，上边提前下了通知，不许在地里烧麦秆儿，谁烧就罚谁。总得把地里的麦秆儿处理掉，才能腾出地来种秋庄稼。于是，人们就把麦秆儿堆在路边，或者扔进坑里和河坡里去了。秋季下大雨，河水涨起来。被河水漂起并顺流而下的麦秆儿不仅堵塞了桥孔，还充塞了河道，造成洪水漫溢，淹没了田地。人们不仅有些茫然，麦秆儿，曾经那么宝贵的东西，难道真的成了垃圾？难道真的变成灾难性的物质了吗？

至于用新麦秆儿做戒指，现在几乎成了一种传说，一种笑谈。我回老家问过一些小姑娘：你们会做麦秆儿戒指吗？小姑娘们你看我，我看你，都摇头说不会做。她们见过金戒指，银戒指，对于麦秆儿戒指，她们不但不会做，好像连见都没见过。这未免让我觉得有些遗憾。不管是用新麦秆儿做戒指，做耳坠儿，做团扇，还是编草帽辫子，都是一种手工艺术，都是一种传统的文化行为。它代表着人类与自然的亲密关系，传达的是人们的爱美之心。也就是说，用新麦秆儿做工艺品及其过程，不仅有着文化的意义，还有着美学和心灵上的意义。我们不能因为有了别的更丰富的物质，就放弃诸如用新麦秆儿做戒指这类美好的趣味。

2010年元旦于北京和平里

II 亲情

父亲的纪念章

我写过一篇《母亲的奖章》，记述的是母亲当县里劳动模范的事。在纪念中国人民抗日战争胜利70周年之际，我该写一写父亲的纪念章了。父亲是一位抗战老兵。在这个世界上，如果他的子女不提起他，恐怕没人会记得我们的父亲了。以前，我从没想过要写父亲。父亲1960年去世时，我还不满九周岁。父亲生前，我跟他没什么交流，父亲留给我的印象不是很深。因为我们父子年龄差距较大，在我很小的时候，就觉得父亲已经变成了一个老头儿。他不像是我的亲生父亲，像是一个与我相隔的隔辈人。不熟悉父亲，缺少感性材料，只是我没想写父亲的次要原因。更主要的原因是，长期以来，父亲给我的心灵留下的阴影太大，或者说我对父亲的历史误会太深。别的且不说，就说我初中毕业后两次报名参军吧，体检都合格，一到政审就把我刷了下来。究其原因，人家说我父亲在国民党的军队里当过军官，属于历史反革命分子。一个反革命分子的儿子，人家当然不许你加入革命队伍。我弟弟跟我的遭遇是一样的，他高中毕业后报名参军，也是政审时被拒之门外。在当时强调突出政治和阶级斗争天天讲的情况下，国民党军官和历史反革命分子的说法是骇人的,足以压得我们兄弟姐妹低眉自危,在人前抬不起头来。

对于父亲的经历和身份,我们不是很了解。让我们不敢争辩的是,我们在家里的确看到了父亲留下的一些痕迹。比如有一次,惯于攀爬的二姐,爬到我家东间屋的窗棂子上,在窗棂子上方一侧的墙洞子里掏出一个纸包来。打开纸包一看,里面包的是一张大副的黑白照片。照片上的人穿军装,光头,目光炯炯,一副很威武的样子。不用说,这个看上去有些陌生的男人就是我们的父亲。看到父亲的照片,像是看到了某种证据,我和大姐、二姐都有些害怕,不知怎样处置这样的照片才好。

母亲也看到了照片,母亲的样子有些生气。像是要销毁某种证据一样,母亲采取了果断措施,一把火把父亲的照片烧掉了。母亲的态度是决绝的,她不仅烧掉了这张照片,随后把父亲的所有照片,连同她随军时照的穿旗袍的照片,统统烧掉了。后来听母亲偶尔讲起,烧毁与父亲相关的东西,不是从她开始的,父亲还活着时自己就动手烧过。父亲刚从军队退休时,每年都可以领取退休金。领取退休金的凭证是一张张卡片,卡片上印的是宋美龄抱着小洋狗的精美图案。卡片是活页,连张,可折叠,可打开。折叠起来像一副扑克牌,一打开有一扇门板那么大。随着国民党政权撤离大陆,退居台湾,无处领取退休金的父亲就把那些卡片烧掉了。

那么,父亲的遗物一件都没有了吗?一个人戎马一生,可追寻的难道只是一座坟包吗?幸好,总算有两枚父亲佩戴过的纪念章,被保存了下来。也许因为纪念章是金属制品，不大容易烧毁。也许母亲不知道纪念章往哪里扔，担心被别人捡到又是事儿。也许因为纪念章比较小，隐藏起来比较方便。不管如何，反正两枚纪念章躲过了一劫或多劫，一直存在着。纪念章先是由当过生产队妇女队长和县里学习毛主席著作积极分子的二姐保存。二姐出嫁后，趁我从煤矿回家探亲，二姐就把两枚纪念章包在一方白底蓝花的小手绢里，交给了我。我把纪念章带到工作单位后，把纪念章夹在我参加工作后的第一本工作证里，仍用原来的手绢包好，放在箱底一角。之后我走到哪里，就把纪念章带到哪里。1978年开春，我从河南的一座煤矿调到了北京，就把纪念章带到了北京。

我没有忘记纪念章的存在，但我极少拿出来看。父亲的历史不仅影响了我参军，后来还影响了我入党，我对父亲的纪念章有一些忌讳。我隐约记得纪念章上有文字，却不敢辨认是什么样的文字。我的做法有一点像掩耳盗铃，好像只要我自己不去辨认，纪念章上的文字就不存在。纪念章的事情还考验着我守口如瓶的能力，妻子跟我结婚四十多年了，我从来未对妻子提及纪念章的事，更不要说把纪念章拿给妻子看。妻子的父亲当年参加的是共产党领导的八路军，跟我父亲不在一个阵营。若是让妻子知道了我父亲的历史，我怕妻子不大容易接受。

进入2015年以来，随着中国人民纪念抗日战争胜利70周年的声浪越来越高，随着报刊上发表的回忆抗战的文章越来越多，随着一些网站发起的寻找抗战老兵活动的开展，5月17日那天下午，望着办公室窗外的阵阵雷雨，我心里一阵激动，突然觉得到时候了，该把父亲的纪念章拿出来看看了。

我终于把父亲的纪念章看清楚了,一枚纪念章正中的图案是青天白日旗,纪念章上方的文字是"军政部直属第三军官大队",下方的文字是"同学纪念章"。另一枚纪念章的图案是一朵金蕊白梅,上方的文字是"中央训练团",下方的文字是"亲爱精诚"。纪念章像是被砖头或棒槌一类的硬物重重砸过,纪念章背面的铜丝别针,一个扁贴在纪念章上,一个已经没有了。可纪念章仍不失精致,仍熠熠生辉,像是无声地对我诉说着什么。

亏得有这两枚纪念章的存在,我才能够以纪念章上的文字为线索,追寻到了父亲戎马生涯的一些足迹。父亲刚当兵时还是一个未成年人,在冯玉祥的部队当号兵。冯玉祥的部队被整编后,父亲一直留在冯玉祥当年的得力干将之一孙连仲的部队。孙连仲是著名的抗日战争将领,率领部队在华北、中原一带的抗日战场上转战,参加了良乡窦店、娘子关、阳泉、信阳、南阳等抗日战役。尤其在台儿庄大战中,孙连仲2万余人的部队在伤亡14000多人的情况下仍顽强坚守阵地,为最后的大捷赢得了时机。孙连仲也因此名载中华民族抗日史册。

可以肯定地说,我父亲作为孙连仲部下的一名军官,听从的是孙连仲的指挥,孙连仲的部队打到哪里,我父亲也会打到哪里。曾听随军的母亲讲过抗战的惨烈。母亲说她亲眼看见,一场战役过后,人死得遍野都是,像割倒的谷捆子一样。热天腐败的尸体很快滋生了密密麻麻的绿头大苍蝇,有一次,母亲和随军转移的太太们乘敞篷卡车从战场经过时,绿头大苍蝇蜂拥着向她们扑去。为了驱赶疯狂的苍蝇,部队给每位太太发了一把青艾。她们的丈夫们在和日本鬼子作战，她们在和苍蝇作战。到达目的地时，她们把青艾上的叶子都打光了。经过那么多的枪林弹雨，父亲受伤是难免的。听二姐说，父亲的脚受过伤，大腿根也被炮弹皮划破过。父亲没有死在战场上，算是万幸。

抗战胜利后的1946年正月，母亲在部队驻地新乡生下了我大姐。有了大姐不久，母亲就带着大姐回到了我们老家。此时，担任了河北省政府主席的孙连仲，把他的部队从新乡调往北平。父亲本可以在北平继续带兵，但由于祖母对我母亲不好，母亲让人给父亲写信，强烈要求父亲退伍回家，如果父亲不回家，她就走人。为了保住妻子和孩子，父亲只好申请退伍。

父亲叫刘本祥，在部队时叫刘炳祥。在国民党的军官档案里，应该可以查到我父亲的名字。父亲生于1909年，如果活到现在应是一百零六岁。要是父亲还活着就好了，我会让他好好跟我讲讲他的抗战经历，他的儿子手中有一支笔，说不定可以帮他写一本回忆录。然而，父亲已经去世55年，他已经走得很远很远了。

父亲，今年是中国人民抗日战争胜利70周年，您注意到了吗？您留下的两枚纪念章，我怎样还给您呢？

2015年6月12日于北京和平里

母亲的奖章

　　母亲去县里参加劳动模范表彰大会的时间，是 1957 年的春天。几十年过去了，母亲也已经下世十多年。时间如流水，这个时间我们兄弟姐妹之所以记得确凿无疑，因为它有一个标记，或者说有一个帮助我们找回记忆的参照点。母亲生前不止一次跟我们说过，她是抱着我弟弟去参加劳模大会的。弟弟那年还不满一周岁，正在吃奶，还不会走路。我们家离县城五六十里路，那时没有汽车可坐，母亲一路把弟弟抱到县城，开完劳模会后又把弟弟抱回。我说的参照点就是弟弟的生日，弟弟是 1956 年 7 月出生，母亲去参加劳模会可不就是 1957 年嘛。

　　从县里回来，母亲带回了一枚奖章，还有一张奖状，奖状和奖章是配套的。奖章上不刻名字，奖状上才会写名字，以证明母亲获得过这项荣誉。而我只对奖章有印象，对奖状没有什么印象。或许因为我只对金属性质的奖章感兴趣，对纸质的奖状不感兴趣，就把奖状忽略了。

　　那枚奖章相当精美，的确是一件不错的玩意儿。我们小时候主要是玩泥巴，没有什么像样的东西可玩。母亲的奖章，像是为我提供了一个终于可以拿得出手的玩具。母亲把奖章放在一只用牛皮做成的小皮箱里，小皮箱不上锁，我随时可以把奖章拿出来玩一玩。箱子里有母亲的银模梳、银手镯，还有选民证、工分什么的，我不玩别的东西，只愿意把奖章玩来玩去。奖章拿在手里沉甸甸的，恐怕把十片红薯片子加起来，都比不上奖章的分量重。奖章是五角星的形状，上面的图案有齿轮、麦穗儿什么的。麦穗儿很饱满，像是用手指头一捏，就能捏到一个麦穗儿。奖章的颜色跟成熟的麦穗儿的颜色差不多，只不过，麦穗儿不会发光，奖章会发光。把奖章拿到太阳下面一照，奖章金光闪闪，好像变成了一个小太阳。整个奖章分三部分组成，上面是一个长条的金属板，金属板背面是别针。中间是红色的、丝织的绦带，绦带从一个金属卡子里穿过，把别针和下面的奖章联系进来。我没把奖章戴在身上试过。因没见母亲戴过，我不知把奖章戴在哪里。有一次，我竟把奖章挂在门口的石榴树上了，好像给石榴树戴了一个大大的耳坠儿一样，挺逗笑的。

我不仅自己喜欢玩奖章，别的小孩子到我们家玩耍，我还愿意把奖章拿出来向他们显摆，那意思是说：你们家有这个吗？没有吧！我只让他们看一看，不让他们摸。见哪个小孩子伸手想摸，我赶紧把奖章收了回来。

不知什么时候，奖章不见了。我一次又一次把小皮箱翻得底朝天，连奖章的一点影子都没找见。奖章没长翅膀，它却不声不响地"飞"走了。大姐二姐怀疑我把奖章拿到货郎担上换糖豆吃了。我平日里是比较嘴馋，看见地上有一颗羊屎蛋儿，都会误以为是一粒炒豆儿。可是，在奖章的事情上我敢打赌，我的确没拿母亲的奖章去换糖豆儿吃。如果真的换了糖豆儿，甜了嘴，我会留下深刻的印象。如果小时候怕挨吵，怕挨打，不敢说实话，现在都这么大岁数了，我不会再隐瞒下去。母亲的奖章的丢失，对我们兄弟姐妹来说是一个谜，这个谜也许永远都解不开了。

倘若母亲的奖章继续存在着，那该有多好，每看到奖章，我们就会想起母亲，缅怀母亲勤劳而光荣的一生。然而，奖章不在了，奖章却驻进了我的心里。我放弃了对物质性的奖章的追寻，开始追寻奖章的精神性意义。

应该说母亲能当上劳动模范是很不容易的。据说每个公社只有几个劳动模范的名额，不是每个大队都能推选出一个劳模。当劳模不是百里挑一，也不是千里挑一，而是万里挑一。那么，一个普普通通的农村妇女，怎么就当上了劳动模范了呢？怎么就成了那个"万一"呢？既然模范是以劳动命名，恐怕就得从劳动上找原因。听大姐二姐回忆说，母亲干起活儿来只有两个字，那就是要强。往地里挑粪，母亲的粪筐总是装得最满，走得最快。麦季在麦田里割麦，不用看，也不用问，那个冲在最前面的人一定是我们的母亲。有一种大轮子的水车，铁铸的大轮子两侧各有一个绞把，绞动大轮子，带动小齿轮，把水从井里抽出来。别的妇女绞水车时，都是一次上两个人，而母亲上阵时，坚持一个人绞一台水车。她低着头，塌着腰，头发飞，汗也飞，一个人就把水车绞得哗哗的，抽出的水水头蹿得老高。

要知道，我们兄弟姐妹较多，母亲两三年就要生一个孩子。母亲下地劳动，都是在怀着孩子或奶着孩子的情况下进行的。怀孩子期间，从不影响母亲下地干活儿。直到不把孩子生下来不行了，她才匆匆从地里赶回家，把孩子生下来。母亲生孩子从不去医院，也不请接生婆接生，都是自己生，自己接。生完孩子，母亲稍事休息，又开始了新一轮劳动。

母亲的身材并不高，才一米五多一点。母亲的体重也不重，也就是百斤左右。可是，母亲哪里来的那么大的力量呢？以前我不能理解，后来才慢慢理解了。母亲的力量源于她的强大的意志力，也就是我们那里的人所说的心劲儿。我要是跟母亲说意志力，母亲肯定不懂，她不识字，不会给自己的力量命名，说不定还会说我跟她瞎跩文。我要是说心劲儿，估计母亲会认同。一个人的力量大不大，主要不在于体力，而是取决于心劲儿，也就是心上的力量。心上的力量大了，一个人才算真正有力量。体力再好，如果心劲儿不足，无论如何都称不上有力量。一个人心上的力量，说到底就是战胜自己的力量。只有能够战胜自己，才能战胜困难，战胜别人。倘若连自己都不能战胜，先败在自己手里，还指望能战胜谁呢！

与母亲相比，我的心劲儿差远了。说实话，小时候我是一个懒人。挑水做饭有大姐，烧锅刷碗有二姐，拾柴放羊有妹妹，我被说成是"空儿里人"，除了上学，几乎啥活都不用我干。时间长了，我几乎养成了好吃懒做的习惯。后来参加工作到煤矿，我才失去了对家庭的依赖。一个人孤身在外，由于环境的逼使，我不得不学着自己照顾自己。好在母亲勤劳的遗传基因很快在我身上发挥了作用，同时也是自尊、自立和成家的需要，我开始挖掘自身的劳动潜能，并在劳动中逐步认识劳动的意义。我知道了，劳动创造了人，人生来就是为劳动而来。或者说人只要活着，就得干活儿。只有不惜力气，不惜汗水，干活儿干得好，才会被人看得起，才能得到社会的尊重。在当工人期间，虽然我没当过劳动模范，但我觉得自己干活儿干得还可以，起码没有偷过懒，没有要过滑，工友们评价我时，对我伸的是大拇指。

不过，我没想过要当劳动模范，从没有把劳动模范和自己联系起来。在很长一段时间，我几乎把母亲当过劳动模范的事忘记了。调到北京当上《中国煤炭报》的编辑、记者之后，我采访了全国煤矿不少劳动模范和劳动英雄，写了不少他们的事迹。我为他们的事迹所感动，所写的稿子块头也不小，但你是你，我是我，我把自己当成了一个局外人。我甚至认为，那个时期的劳模都是"老黄牛"型的，是"工具"型的，我可以尊重他们，并不一定愿意向他们学习。有一次，我和读者座谈，谈到我每年的大年初一早上还要起来写小说，有读者就问我：你是想当一个劳动模范吗？这本来是好话，可我没当好话听，好像还从中听出了一点揶揄的意味，我说过奖了，我可不想当什么劳动模范。

看来我的悟性还是不够强，觉悟还是不够高。直到现在，我才稍稍悟出来了，原来劳动不是别人强加给我们的，是生命的一种需要。我们劳动的过程，是修行的过程，也是不断自我完善的过程。如果人的一生还有点意义的话，其意义正是通过不断辛勤劳动赋予的。从这个意义上讲，能当一个劳动模范是多么的光荣！

人说闻道有先后，人的觉悟也有早晚。而我现在才对劳动模范重视起来，未免有点太晚了吧，恐怕再怎么努力，当劳动模范也没戏了吧！不晚不晚，没关系的。从现在起，我要好好向母亲学习，天天按劳动模范的标准要求自己，体力可以衰退，心劲儿永远上提。就算别人不评我当劳动模范，我自己评自己还不行吗！

2015 年元旦期间于北京和平里

勤劳的母亲

小时候就听人说，勤劳是一种品德，而且是美好的品德。我听了并没有往心里去，没有把勤劳和美德联系起来。我把勤劳理解成勤快，不睡懒觉，多干活儿。至于美德是什么，我还不大理解。我隐约觉得，美德好像是很高的东西，高得让人看不见，摸不着，一般人的一般行为很难跟美德沾上边。后来在母亲身上，我才把勤劳和美德统一起来了。母亲的身教告诉我，勤劳不只是生存的需要，不只是一种习惯，的确关乎人的品质和人的道德。人的美德可以落实到人的手上、腿上、脑上和日常生活中，可以通过勤奋的劳动体现出来。

我想讲几件小事，来看看母亲有多么勤劳。

拾麦穗儿

那是1976年，我和妻子在河南新密煤矿上班，母亲从老家来矿区给我们看孩子。我们的女儿那年还不到一周岁，需要有一个人帮我们看管。母亲头年秋后到矿区，到第二年过春节都没能回家。母亲还有两个孩子在老家,我的妹妹和我的弟弟。妹妹尚未出嫁,弟弟还在学校读书。过春节时母亲对他们也很牵挂,但为了不耽误我和妻子上班,为了照看她幼小的孙女儿,母亲还是留了下来。母亲舍不得让孩子哭,我们家又没有小推车,母亲就一天到晚把孩子抱在怀里。在天气好的时候,母亲还抱着孩子下楼,跟别的抱孩子的老太太一起,到几里外的矿区市场去转悠。往往是一天抱下来,母亲的小腿都累肿了,一摁一个坑。见母亲的腿肿成那样,我心里很不是滋味。但我当时只是劝母亲注意休息,别走那么远,为什么不给孩子买一辆小推车呢?事情常常就是这样,多年之后想起,我们才会感到心痛,感到愧悔。可愧悔已经晚了,想补救都没了机会。

除了帮我们看孩子,每天中午母亲还帮我们做饭。趁孩子睡着了,母亲抓紧时间和面,擀面条。这样,我们下班一回到家,就可以往锅里下面条。

矿区内包括着一些农村,农村的沟沟坡坡都种着麦子。母亲对麦子很关心,时常跟我们说一些麦子生长的消息。麦子甩齐穗儿了。麦子扬花儿了。麦子黄芒了。再过几天就该动镰割麦了。母亲的心思我知道,她想回老家参与收麦。每年收麦,生产队都把气氛造得很足,把事情搞得很隆重,像过节一样。因为麦子生长周期长,头年秋天种上,到第二年夏天才能收割,人们差不多要等一年。期盼的时间越长,割麦时人们越显得兴奋。按母亲的说法,都等了大长一年了,谁都不想错过麦季子。然而我对收麦的事情不是很热衷。我觉得自己既然当了工人,就是工人的身份,而不是农民的身份。工人阶级既然是领导阶级，就要与农民阶级拉开一点距离。所以在母亲没有明确说出回老家收麦的情况下，我也没有顺着母亲的心思，主动提出让母亲回老家收麦。我的理由在那里明摆着，我们的女儿的确离不开奶奶的照看。

收麦开始了，母亲抱着孙女儿站在我们家的阳台上，就能看见拉着麦秧子的架子车一辆一辆从楼下的路上走过。在一个星期天，母亲终于明确提出，她要下地拾麦。母亲说，去年在老家，她一个麦季子拾了三十多斤麦子呢！母亲的这个要求我们无法阻止，星期天妻子休息，可以在家看孩子。那时还凭粮票买粮食，我们全家的商品粮供应标准一个月还不到八十斤，说实话有点紧巴。母亲要是拾到麦子，多少对家里的口粮也是一点添补。在粮店里，我们所买到的都是不知道放了多少年的陈麦磨出的面。母亲若拾回麦子，肯定是新麦。新麦怎么吃都是香的。

到底让不让母亲去拾麦，我还是有些犹豫。大热天的让母亲去拾麦，我倒不是怕邻居说我不孝。孝顺孝顺，孝和顺是连在一起的。没让母亲回老家收麦，我已经违背了母亲的意志，若再不同意母亲去拾麦，我真的有些不孝了。之所以犹豫，我担心母亲人生地不熟的，没地方去拾麦。我的老家在豫东，那里是一马平川的大平原，麦地随处可见。矿区在豫西，这里是浅山地带，麦子种在山坡或山沟里，零零碎碎，连不成片。我把我的担心跟母亲说了。母亲让我放心，说看见哪里有收过麦的麦地，她就到哪里去拾。我让母亲一定戴上草帽，太阳毒，别晒着。母亲同意了。我劝母亲带上一壶水，渴了就喝一口。母亲说不会渴，喝不着水。我还跟母亲说了一句笑话："您别走那么远,别迷了路,回不来。"母亲笑了,说我把她当成小孩子了。

母亲中午不打算回家吃饭,她提上那只准备盛麦穗儿用的黄帆布提包,用手巾包了一个馒头,就出发了。虽然我没有随母亲去,有些情景是可以想象的。比如母亲一走进收割过的麦地,就会全神贯注,低头寻觅。每发现一个麦穗儿,母亲都会很欣喜。母亲的眼睛已经花了,有些秕麦穗儿她会看不清,拾到麦穗儿她要捏一捏,麦穗儿发硬,她就放进提包里,若发软,她就不要了。提包容积有限,带芒的麦穗儿又比较占地方,当提包快盛满了,母亲会把麦穗儿搓一搓,把麦糠扬弃,只把麦子儿留下,再接着拾。母亲一开始干活就忘了饿,不到半下午,她不会想起吃馒头。还有一些情况是不敢想象的。我不知道当地农民许不许别人到他们的地里拾麦子?他们看见一个外地老太太拾他们没收干净的麦子,会不会呵斥我母亲?倘母亲因拾麦而受委屈,岂不是我这个当儿子的罪过!

傍晚,母亲才回来了。母亲的脸都热红了,鞋上和裤腿的下半段落着一层黄土。母亲说,这里的麦子长得不好,穗子都太小,她走了好远,才拾了这么一点。母亲估计,她一整天拾的麦子,去掉麦糠,不过五六斤的样子。我接过母亲手中的提包,说不少不少,很不少。让母亲洗洗脸,快歇歇吧。母亲好像没受到什么委屈。第二天,母亲还要去拾麦,她说走得更远一点试试。妻子只好把女儿托给同在矿区居住的我的岳母暂管。

母亲一共拾了三天麦穗儿。她把拾到的麦穗儿在狭小的阳台上用擀面杖又捶又打,用洗脸盆又簸又扬,收拾干净后,大约收获了二三十斤麦子。母亲似乎感到欣慰，当年的麦季她总算没有白过。

妻子和母亲一起，到附近农村借用人家的石头碓臼，把麦子外面的一层皮舂去了，只留下麦仁儿。烧稀饭时把麦仁儿下进锅里，嚼起来筋筋道道，满口清香，真的很好吃。妻子把新麦仁儿分给岳母一些，岳母也说新麦好吃。

没回生产队参加收麦，母亲付出了代价，当年队里没分给母亲小麦。母亲没挣到工分，用工分参与分配的那一部分小麦当然没有母亲的份儿，可按人头分配的那一半人头粮，队里也给母亲取消了。母亲因此很生气，去找队长论理。队长是我的堂叔，他说，他以为母亲不回来了呢！母亲说，她还是村里的人，怎么能不回来！

后来我回家探亲，堂叔去跟我说话，当着我的面，母亲又质问堂叔，为啥不分给她小麦。堂叔支支吾吾，说不出像样的理由，显得很尴尬。我赶紧把话题岔开了。没让母亲回队里收麦，责任在我。

捡布片儿

在上个世纪八十年代的中后期，我们家搬到北京朝阳区的静安里居住。这是我们举家迁至北京的第三个住所。第一个住所在灵通观一座六层楼的顶层，我们家和另一家合住。我们家住的是九平方米的小屋。第二个住所，我们家从六楼搬到该楼二楼，仍是与人家合住，只不过住房面积增加至十五平方米。搬到静安里一幢新建居民楼的二楼，我们才总算有了独门独户的二居室和一个小客厅，再也不用与别人家共用一个厨房和厕所了。

　　住房稍宽敞些，我几乎每年都接母亲到城里住一段时间。一般是秋凉时来京，在北京住一冬天，第二年麦收前回老家。母亲有头疼病，天越冷疼得越厉害。老家的冬天屋内结冰，太冷。而北京的居室里有暖气供应，母亲的头就不怎么疼了。母亲愿意挨着暖气散热器睡觉。她甚至跟老家的人说，是北京的暖气把她的头疼病暖好了。

　　母亲到哪里都不闲着，仿佛她生来就是干活的，不找点活儿干，她浑身都不自在。这时我们的儿子已开始上小学，我和妻子中午都不能回家，母亲的主要任务是中午为儿子和她自己做一顿饭。为了帮我们筹备晚上的饭菜，母亲每天还要到附近的农贸市场买菜。她在市场上转来转去，货比三家，哪家的菜最便宜，她就买哪家的。妻子的意见，母亲只把菜买回来就行了，等她下班回家，菜由她下锅炒。有些话妻子不好明说，母亲的眼睛花得厉害，又舍不得多用自来水，洗菜洗得比较简单，有时菜叶上还有黄泥，母亲就把菜放到锅里去了。因话没有说明，妻子不让母亲炒菜，母亲理解成儿媳妇怕她累着。而母亲认为，他的儿子和儿媳妇在班上累了一天，回家不应再干活，应该吃点现成饭才好。母亲炒菜的积极性越发地高。往往是我们刚进家门，母亲已把几个菜炒好，并盛在盘子里，用碗扣着，摆在了餐桌上。母亲炒的大都是青菜，如绿豆芽儿、芹菜之类。因样数儿比较多，显得很丰富。母亲总是很高兴的样子，让我们赶紧趁热吃。好在我妻子从来不扫母亲的兴，吃到母亲炒的每一样菜，她都说好吃，好吃。

　　倒是我表现得不够好。我肚子里嫌菜太素，没有肉或者肉太少，没什么吃头儿，吃得不是很香。还有，妻子爱吃绿豆芽儿，我不爱吃绿豆芽儿，母亲为了照顾妻子的口味，经常炒绿豆芽儿，把我的口味撇到一边去了。有一次，我见母亲让我吃这吃那，自己却舍不得吃，我说："是您炒的菜，您得带头儿多吃。"话一出口，我就有些后悔，可已经晚了。定是我的话里带出了不满的情绪，母亲的情绪一下子低落下来。我不应该有那样的情绪，这件事够我忏悔一辈子的。

　　买菜做饭的活儿不够母亲干，母亲的目光被我们楼门口前面一个垃圾场吸引住了。我们住的地方是新建成的住宅小区，配套设施暂时还跟不上，整个小区没有封闭式垃圾站，也没有垃圾桶，垃圾都倒在一个露天垃圾场上，摊成很大的一片。市环卫局的大卡车每两三天才把垃圾清理一次。垃圾多是生活垃圾，也有生产垃圾。不远处有一家规模很大的衬衫厂，厂里的垃圾也往垃圾场上倒，生产垃圾也不少。垃圾场引来不少捡垃圾的人，有男的，有女的；有本地人，也有外地人。他们手持小铁钩子，轮番在垃圾场扒来扒去，捡来捡去。母亲对那些生产垃圾比较感兴趣。她先是站在场外看人家捡。后来一个老太太跟她搭话，她就下场帮老太太捡。她捡的纸纸片片、瓶瓶罐罐，都给了老太太。再后来，母亲或许是接受了老太太的建议，或许是自己动了心，她也开始捡一些自己认为有用的东西拿回家来。母亲从生产垃圾堆里只捡三样东西：纱线、扣子和布片儿。她把乱麻般的纱线理出头绪，再缠成团。她捡到的扣子都是那种缀在衬衣上的小白扣儿，有塑料制成的，也有贝壳做成的。扣子都很完好，一点破损都没有（计划经济时期，工人对原材料不是很爱惜）。母亲把捡到的扣子盛到一只塑料袋里，不几天就捡了小半袋，有上百枚。母亲跟我说，把这些线和扣子拿回老家去，不管送给谁，谁都会很高兴。

母亲捡得最多的是那些碎布片儿。布片儿是衬衫厂裁下来的下脚料，面积都不大，大的像杨树叶，小的像枫树叶。布片儿捡回家，母亲把每一块布片儿都剪成面积相等的三角形，而后戴上老花镜，用针线把布片儿细细地缝在一起。四块三角形的布片就可以对成一个正方形。再把许许多多正方形拼接在一起呢，就可以拼出一条大面积的床单或被单。在我们老家，这种把碎布拼接在一起的做法叫对花布。谁家的孩子娇，需要穿百家衣，孩子的母亲就走遍全村，从每家每户要来一片布，对成花布，做成百家衣。那时各家都缺布，有的人家连块给衣服的破洞打补丁的布都没有，要找够做一件百家衣的布片儿难着呢。即使把布片儿讨够了，花色也很单一，多是黑的和白的。让母亲高兴的是，在城里被人说成垃圾的东西里，她轻易就能捡出好多花花绿绿的新布片儿。

母亲对花布对得很认真，也很用心，像是把对花布当成工艺美术作品来做。比如在花色的搭配上，一块红的，必配一块绿的；一块深色的，必配一块浅色的；一块方格的，必配一块团花的；一块素雅的，必配一块热闹的等等。一条被单才对了一半，母亲就把花布展示给我和妻子看。花布上百花齐放，真的很漂亮。谁能说这样的花布不是一幅图画呢！这就是我的心灵手巧的母亲，是她把垃圾变成了花儿，把废品变成了布。

然而当母亲对妻子说，被单一对好她就把被单给我妻子时，我妻子说，她不要，家里放的还有新被单。妻子让母亲把被单拿回老家自己用，或者送给别人。妻子私下里对我说，布片儿对成的被单不卫生。垃圾堆里什么垃圾都有，布片儿既然扔到垃圾堆里，上面不知沾染了多少细菌呢。妻子让我找个机会跟母亲说一声，以后别去垃圾堆里捡布片儿了。妻子的意思我明白，她不想让母亲捡布片儿，不只是从卫生角度考虑问题，还牵涉到我们夫妻的面子问题。这个问题我也考虑过。那些捡垃圾的多是衣食无着的人，而我的母亲吃不愁，穿不愁，没必要再去垃圾堆捡东西。我和妻子毕竟是国家的正式职工，工作还算可以，让别人每天在垃圾场上看见母亲的身影，对我们的面子不是很有利。于是我找了个机会，委婉地劝母亲别去捡布片儿了。我说出的理由是，布片儿不干净，接触多了对身体不好。人有一个好身体是最重要的。母亲像是很快明白了我的意思，答应不去捡布片儿了。

　　我以为母亲真的不去捡布片儿了，也放弃了用布片儿对被单。十几年之后，母亲在老家养病，我回去陪伴母亲。有一次母亲让我猜，她在北京那段时间一共对了多少条被单。我猜了一条？两条？母亲只是笑。我承认我猜不出，母亲才告诉我，她一共对了五条被单。被单的面积是很大的，把一条被单在双人床上铺开，要比双人床长出好多，宽出近一倍。用零碎的小三角形布片儿对出五条被单来，要费多少工夫，付出多么大的耐心和辛劳啊！不难明白，自从我说了不让母亲去捡布片儿，母亲再捡布片儿，对床单，就避免让我们看见。等我和妻子上班去了，儿子上学去了，母亲才投入对被单的工作。估计我们该下班了，母亲就把布片儿和被单收起来，放好，做得不露一点痕迹。

临回老家时，母亲提前就把被单压在提包下面了。

母亲把她对的被单送给我大姐、二姐和妹妹各一条。母亲去世后，他们姐妹把被单视为对母亲的一种纪念，对被单都很珍惜。可惜，我没有那样一条母亲亲手制作的纪念品（写到这里，我泪流不止，哽咽不止）。

搂树叶儿

只要在家，母亲每年秋天都要去村外的路边塘畔搂树叶儿。如同农人每年都要收获粮食，母亲还要不失时机地收获树叶儿。我们那里不是扫树叶儿，是搂树叶儿。搂树叶儿的基本工具有两件，一件是竹筢子；另一件是大号的荆条筐。用带排钩儿的竹筢子把树叶儿聚拢到一起，盛到荆条筐里就行了。

不是谁想搂树叶儿就能搂到的，这里有个时机问题。如果时机掌握得好，可以搂到大量的树叶儿。错过了时机呢，就搂不到树叶儿，或者只能搂到很少的树叶儿。树叶儿在树上长了一春，一夏，又一秋，仿佛对枝头很留恋似的，不肯轻易落下。你明明看见树叶发黄了，发红了，风一吹它们乱招手，露出再见的意思，却迟迟没有离去。直到某天夜里，寒霜降临，大风骤起，树叶儿才纷纷落下。树叶儿不落是不落，一落就像听到了统一的号令，采取了统一的行动，短时间铺满一地。这是第一个时机。第二个时机是，你必须在树叶儿集中落地的当天清晨早点起来，赶在别人前面去树下搂树叶儿，两个时机都抓住了,你才会满载而归。在我们村,母亲是一贯坚持每年搂树叶儿的人之一,也是极少数能把两个时机都牢牢抓住的搂树叶儿者之一。

母亲对气候很敏感,加上母亲睡觉轻,夜间稍有点风吹草动就醒了。一听见树叶儿哗哗落地,母亲就不睡了,马上起床去搂树叶儿。院子里落的树叶儿母亲不急着搂,自家的院落自家的树,树叶儿落下来自然归我们家所有。母亲先去搂的是公共地界上落的树叶儿。往往是村里好多人还在睡觉,母亲已大筐大筐地把树叶儿往家里运。母亲搂回的什么树叶儿都有,有大片的桐树叶儿;中片的杨树叶儿和柿树叶儿;还有小片的柳树叶儿和椿树叶儿。树叶儿有金黄的,也有玫瑰红的。母亲把树叶儿摊在院子里晾晒,乍一看还让人以为是满院子五彩杂陈的花瓣儿呢!

母亲搂树叶儿当然是为了烧锅用。在人民公社和生产队那会儿,社员都买不起煤。队里的麦草和玉米秸秆不是铡碎喂牲口了,就是沤粪用了,极少分给社员。可以说家家都缺烧的。烧的和吃的同样重要,按母亲的话说,有了这把柴火,锅就烧滚了,缺了这把柴火呢,饭就做不熟。为了弄到烧的,人们不仅把地表上的草毛缨子都收拾干净,还挖地三尺,把河坡里的茅草根都扒出来了。女儿一岁多时,我把女儿抱回老家,托给母亲照管。母亲一边看着我女儿,仍不耽误她一边搂树叶儿。母亲不光自己搂树叶儿,还用一根大针纫了一根线,教我女儿拾树叶儿。女儿拾到一片树叶儿,就穿在线上,一会儿就穿了一大串。以致我女儿回到矿区后,一见地上的落叶儿就惊喜得不得了,一再说:"咋恁多树叶子呀!"挣着身子,非要去捡树叶儿给奶奶烧锅。

上了年纪，母亲的腿脚不那么灵便了，可她每年秋天搂树叶儿的习惯还保持着。按说这时候母亲不必搂树叶儿了。分田到户后，粮食打得多，庄稼秆儿也收得多，各家的柴草大垛小垛，再也不用为缺烧的发愁。有的人家甚至把多余的玉米秆在地里点燃了，弄得狼烟动地。我托人从矿上给母亲拉了煤，并让人把煤做成一个个蜂窝形状的型煤，母亲连柴火都不用烧了。可母亲为什么还要到村外去搂树叶儿呢？

树叶儿落时正是寒风起时，母亲等于顶着阵阵寒风去搂树叶儿。有时母亲刚把树叶儿搂到一起，一阵大风刮来，又把树叶儿刮散了，母亲还得重新搂。母亲低头把搂到一堆的树叶往筐里抱时，风却把母亲的头巾刮飞了，母亲花白的头发飞扬着，还得赶紧去追头巾。母亲搂着树下的树叶儿，树上的树叶还在不断落着。熟透了的树叶儿像是很厚重，落在地上啪啪作响。母亲搂完了一层树叶儿，并不马上离开，等着搂第二层第三层树叶儿。在沟塘边，一些树叶儿落在水里，一些树叶儿落在斜坡上。落进水里的树叶儿母亲就不要了，落在斜坡上的树叶儿，母亲还要小心地沿着斜坡下去，把树叶儿搂上来。刘姓是我们村的大姓，我在村里有众多的堂弟。不少堂弟都劝我母亲不要搂树叶儿了。他们管我母亲叫大娘，说大娘要是没烧的，就到他们的柴草垛上抱去。这么大年纪了，还起早贪黑地搂树叶子，何必呢！有的堂弟还提到了我，说："大娘，俺大哥在北京工作，让我们在家里多照顾您。您这么大年纪了还自己搂树叶子烧，大哥要是知道了，叫我们的脸往哪儿搁呢！"

这话说得有些重了，母亲不做出解释不行了，母亲说，搂树叶儿累不着她，她权当出来走走，活动活动身体。

我回家看望母亲，一些堂弟和叔叔婶子出于好心好意，纷纷向我反映母亲还在搂树叶儿的事。他们的反映带有一点告状的性质，仿佛我母亲做下了什么错事。这就是说，不让母亲搂树叶儿，在我们村已形成了一种舆论，母亲搂树叶儿不仅要付出辛劳，还要顶着舆论的压力。母亲似乎有些顶不住了，有一天母亲对我说："他们都不想让我搂树叶儿了，这咋办呢？"

我知道，母亲在听我一句话，我要是也不让母亲搂树叶儿，母亲也许再也不去搂了。我选择了支持母亲，说："娘，只要您高兴，想搂树叶儿只管搂，别管别人说什么。"

朋友们，在这件事情上，我没有做错吧？

就算我没有做对，你们也要骗骗我，不要说我不对。在有关母亲的事情上，我已经脆弱得不能再脆弱了。

2005 年 1 月 17 日至 19 日北京

脚的尊严

母亲睡觉时不脱袜子,冬天不脱,夏天也不脱。冬天睡觉不脱袜子,脚上会暖和些,这倒可以理解。夏天睡觉也不脱袜子,就有些说不过去。大夏天的,脚上套着一双袜子,一套就是一夜,多热呀!我以为母亲临睡前忘了脱袜子,对她说,睡觉时最好把袜子脱掉。母亲说了一句不碍事,再睡觉还是穿着袜子。

妻子也注意到了这个细节,她从医学的角度劝母亲,说人睡觉时全部身心应彻底放松,如果脚上箍着一双袜子,就会影响整个身体的血液循环和血脉畅通,对健康不利。妻子提到母亲一年前得的一场大病,从病的性质来看,说不定跟睡觉不脱袜子有点儿关系。妻子把事情说得这样严重,说服力如此加强,我想母亲也许会受到震动,扯巴扯巴,把袜子从脚上扯下来。然而,母亲只轻轻笑了一下,说没事儿的,多少年了,她已经习惯了。

是的,回想起来,三十多年前,母亲去矿区为我们看孩子时,就一年到头不脱袜子。把胖胖的娃娃抱上一天,母亲有时会累得小腿发肿。晚上临睡前,母亲会自己烧点儿水,到小屋里泡泡脚。泡完洗完脚，母亲光着脚上床休息就是了。可她把脚擦了擦，又把袜子穿上了。那时，我对母亲的这个习惯一点都不注意，就算偶尔看到了，也没往心里去。当父母的，对孩子的一切总是很注意，一点一滴都看在眼里，记在心里。而当孩子的，对父母亲的日常生活所见总是粗枝大叶，不大留意。直到父母日渐衰老，差不多变成需要我们给予照顾的弱者，我们对他们的习惯才关注起来，并试图改变他们的习惯。我也是这样，当注意到母亲这个习惯时，我和妻子的看法一致，认为母亲的这个习惯不是什么好习惯。

妻子悄悄问我，老太太为什么非要坚持穿着袜子睡觉呢？这个这个，这个问题我没想过。既然妻子当成一个问题提了出来，我得想一想。我一想就想起来了，母亲可能认为她的脚不好看，愿意用袜子把自己的脚遮盖起来。想到这一点，我几乎把这个答案当成了定论，对妻子做了解释。妻子将信将疑，说不至于吧。

母亲小时候裹过脚，但没有裹成当时所要求的标准，没有裹成小脚，只裹了一半就不裹了。如果说裹脚也是一个工程的话，母亲的脚裹得顶多算是半拉子工程。人们所说的"解放脚"，指的就是像我母亲这样不大不小的脚。母亲跟大姐二姐讲过她从小裹脚的经历，我也听到了。她刚四岁多一点，姥娘就开始为她裹脚。裹脚的办法，是将她还在发育的脚丫折叠起来，把除大脚趾以外的另四根脚趾弯到脚板下面，用生白布做成的长长的裹脚布死死缠住。小小年纪，正是她满地跑着玩的时候。姥娘抓住她，一把她的脚裹上，如同一只折断了翅膀的小鸟儿，她就跑不成了。母亲害怕裹脚，对裹脚一百个不愿意，一万个反对。母亲表达反对的办法，是一看见姥爷，就在姥爷面前狠哭，狠哭，哭得昏天黑地。姥爷当时在开封城里当厨师，思想比较开明一些，加上母亲是他最小的女儿，小女儿哭得让他实在有些受不了，他就对姥娘说，算了算了，孩子实在不想裹，就给她放开吧。就这样，母亲的脚没有再继续裹下去，是姥爷的干预，使母亲的脚获得了解放。尽管如此，母亲的脚还是稍稍有些变形，不是原生态，不是天足的样子。

不是任何文化都好，我国以往的文化里，的确有糟粕在。如横行了很久的缠足文化，就是一种糟糕得不能再糟糕的文化。这样的文化何止糟糕，它简直就是变态，畸形，丑陋，让人深恶痛绝。我真是不明白，我们这样一个优秀的民族，怎么会滋生出这样一种在全世界都丢丑的文化呢！这样的文化不知伤害了多少个包括我母亲在内的母亲啊！

父亲去世时，我母亲才三十多岁。生产队为了照顾我家，为了让母亲多挣工分，就让母亲跟男劳力一块儿干活。我见过母亲赶大车。一个男劳力在车前使牲口，母亲在后面为大车掌舵。装满土粪的大车需要拐弯时，母亲奋力磨动车把，就把大车调准了方向。我还见过母亲耙地。母亲驾驭着一匹马和一头骡子，左手牵着撇绳，右手举着鞭子，两脚分开，站在木梯一样的耙床上，驱动牲口前行。地里满是土坷垃，耙床起起伏伏，站在耙床上，像踏浪一样，对人的平衡能力有极高的要求。有的男劳力因脚下站不稳，掌握不好平衡，都有可能从耙床上掉下来。可我看见母亲在耙床上站得稳稳当当，耙了一圈又一圈，把地耙得像面一样细。亏得母亲没有把脚裹成小脚，倘是把脚裹得像我们村的一些老太太的脚一样，走路脚后跟一捣一捣，连走都走不稳，怎么能养活她的几个年幼的孩子呢！

我给母亲剪过手指甲。七十多岁之后，母亲的手指甲变得很脆，指甲剪刚剪住指甲，指甲嘣地一下就飞了，飞得找都找不到。我从没有给母亲剪过脚指甲，母亲坚持自己剪，不让我给她剪。给母亲洗脚更谈不上。我没有问过大姐、二姐和妹妹，不知她们给母亲洗过脚没有。我只知道，在母亲病重期间，妻子的确为母亲洗过一次脚。定是经过妻子对母亲反复劝说，聪慧的母亲为了配合儿媳，完成儿媳的一个心愿，才一改往日的习惯，同意妻子为她洗脚。

最难忘的一个细节，发生在母亲弥留之际。眼看母亲呼吸渐弱，我们赶紧为母亲换上事先预备好的寿衣，给母亲穿上新袜子和新的绣花鞋。门外大雪纷飞，我们无可奈何地守护着母亲。这时，母亲的一只脚动了一下，又动了一下。我们一齐向母亲脚上看去，原来有一只鞋没穿好，从母亲的右脚上脱落下来。在即将远行的情况下，我惊异于母亲还能意识到自己的脚，还能感觉到有一只鞋没有穿好。我们辛劳了一生的母亲，此时已不能说话，但母亲动脚的意思再清楚不过，是提醒我们把鞋给她穿好。

大姐赶紧把绣花鞋套在母亲脚上，对母亲说：娘，把鞋给您穿好了，您放心吧。

2014年6月1日至6日于北京和平里

大姐的婚事

堂嫂给我大姐介绍了一个对象,是堂嫂娘家那村的。堂嫂家和我们家同住一个院子,我大姐当时又是生产队的妇女队长,堂嫂和大姐可以说天天见面。可是,堂嫂没有把介绍对象的事直接对大姐说,而是先悄悄地跟我母亲说了。母亲暂且把事情放在心里,也没有对大姐提及。母亲认为这是我们家的一件大事,需要和我商量一下。父亲去世后,我作为家里的长子,母亲把我推到了户主的位置,遇到什么大事都要征求一下我的意见。我当年正读初中二年级,在镇上中学住校,每个星期天才回家一次。等到星期天我回家,母亲才把堂嫂给大姐介绍对象的事对我说了。大姐比我大五岁,是到了该找对象的年龄。大姐找什么样的对象,的确是我们家的一件大事,必须慎重对待。

堂嫂给大姐介绍的对象,是一位在县城读书的在校高中生。高中生的父亲是我的老师,教我们班的地理课。我在我们学校的篮球场上见过那个高中生,他的身材、面貌都不错,据说学习也可以。让人不能接受的是,他的家庭成分是富农。在那个以阶级斗争为纲的年代,人与人之间是以家庭成分划线的,一个人的家庭成分对一个人的命运几乎起着决定性的作用。不仅如此,一个不好的家庭成分,还会对其所构成的社会关系起到负面的辐射作用。这就是说,如果我们家和那个高中生结成了亲戚,在我们家的亲戚关系中,就得写上其中一家是富农。这对我们兄弟姐妹今后的进步会很不利。我还有二姐、妹妹和弟弟,第一个找对象的大姐,应该给我们开一个好头儿。还有一个不容回避的问题是,我父亲曾在冯玉祥部当过一个下级军官,被人说成是"历史反革命"。因为这个问题,我们已经饱受了歧视,几乎成了惊弓之鸟。在这种情况下,如果再给大姐找一个富农家的孩子作对象,我们家招致的歧视会更多,社会地位还得下降。于是,我断然否定了这门亲事。母亲说是跟我商量,其实是以我的意见为主。母亲把我的意见转告给堂嫂,堂嫂就不再提这件事。我甚至对堂嫂也有意见,在心里埋怨堂嫂不该给大姐介绍这样的对象,不该把我们的大姐往富农家庭里推。

别人给大姐介绍对象,决定权应该属于大姐。同意不同意,应该由大姐说了算。就算不能完全由大姐决定,大姐至少应该有知情权。然而,我和母亲把大姐瞒得严严的,就把堂嫂给大姐介绍的对象给回绝了。

接着,又有人给大姐介绍了一个对象,还是堂嫂那村的。这个对象识字不多,但家里的成分是贫农。既然成分好,我就没有什么理由反对大姐和人家见面。这个对象后来成了我们的大姐夫。大姐夫勤劳,会做生意,对大姐也很好。据大姐说,刚和大姐夫结婚时,他们家只有两间草房,家里穷得连一块支鏊子的砖头都找不到,连一个可坐的板凳头儿都没有。为了攒钱把家里的房子翻盖一下，大姐夫贩过粮食，贩过牛，还贩过石灰和沙子。有一回，大姐夫从挺远的地方用架子车往回拉沙子，半路下起雨来。他舍不得花钱住店，夜里就睡在一家供销社窗外的窗台上。为防止睡着后从窗台上摔下来，他解下架子车上的襻绳，把自己拴在护窗的铁栅栏上。他带的有一块防雨的塑料布，但他没有把塑料布裹在自己身上，而是盖在了沙子上面。风吹雨斜，把他的衣服都浇湿了。大姐夫和大姐苦劳苦挣，省吃俭用，终于盖起了四间砖瓦房，还另外盖了两间西厢房和一间灶屋。大姐夫特意在院子里栽了一棵柿子树，每到秋天，红红的柿子挂满枝头，连柿叶都变成了红色。

大姐家的好日子刚刚开头，大姐夫却因身患重病于2005年5月1日去世了。大姐夫去世时，还不到六十岁。大姐夫的去世，对大姐是一个沉重的打击。

当年农历十月初，我回老家为母亲烧纸，大姐和二姐也去了。在烧纸期间，大姐在母亲坟前长跪不起，大哭不止。大姐一边哭，一边对母亲说："娘啊，你咋不说话呢？你咋不管管俺家的事呢？夜这样长，我可怎么熬得过去啊！"我劝大姐别哭了。劝着大姐，我的泪水也模糊了双眼。倒是二姐理解大姐，二姐说："别劝大姐，让大姐好好哭一会儿吧。大姐心里难过，哭哭会好受些。"旷野里一阵秋风吹来，把坟前黑色的灰烬吹上了天空。我听从了二姐的话，没有再劝大姐。我强忍泪水，用带到坟地的镰刀，清理长在母亲坟上的楮树棵子和吊瓜秧子。

为了陪伴和安慰大姐，这次回老家，我到大姐家住了几天。在和大姐回忆过去的事情时，我才对大姐说明，堂嫂曾给大姐介绍过一个对象。大姐一听，显得有些惊奇，说她一点儿都不知道。因为同村，那个人大姐是认识的，大姐叫出了那个人的名字，说人家现在是中学的校长。我还能说什么呢，因为我的年少无知，短视，自私和自以为是，当初我做出的可能是一个错误的决定。四十多年过去了，这件事情我之所以老也不能忘记，是觉得有些对不起大姐。大姐一点儿都没有埋怨我，说那时候都是那样，找对象不看人，都是先讲成分。

2011 年 4 月 29 日于北京

留守的二姐

在我国各地农村，留守儿童以数千万计。留守儿童所面临的种种问题，已受到社会的广泛关注。每每看到有关留守儿童的报道，我都比较留意。因为我总会联想起二姐和二姐家的留守儿童。这多年来，二姐为抚育和照顾她的孙辈，付出的太多了，二姐太累了！

二姐喜欢土地，她认为人到什么时候都得种庄稼，都得靠土地养活，土地是最可靠的。村里的青壮男人和女人一批又一批外出打工，二姐却一年又一年留在家里种地，从来没有出去过。二姐重视土地是一方面，还有一个主要的原因，是二姐被她家的留守儿童拴住了，脱不开身。

二姐有三个孩子，两个儿子和一个女儿。大儿子和大儿媳去上海打工，把他们的两个孩子都留给了二姐。这两个孩子，一个男孩儿，一个女孩儿。男孩儿刚上小学，女孩儿才两三岁。冬冬夏夏，二姐管他们吃饭、穿衣，更在意他们的安全。村里有一个老爷爷，一眼没看好留守的孙子，孙子就掉到井里淹死了。爷爷心疼孙子，又觉得无法跟儿子、儿媳交代，抱着孙子的小尸体躺在床上，自己也喝农药死了。

这件事让二姐非常警惕，心上安全的弦绷得很紧。一会儿看不见孙子、孙女儿，她就赶快去找。哪个孩子若有点头疼脑热，二姐一点儿都不敢大意，马上带孩子去医院看，并日夜守护在孩子身边。直到孩子又活泼起来，二姐才放心。

大儿子的两个孩子还没长大，二儿子的孩子又出生了。二姐的二儿子和二儿媳都在城里教书，二儿媳急着去南京读研，她生下的婴儿刚满月，就完全交给了二姐。因家穷供不起，二姐小时候只上过三年学就辍学了。二姐对孩子们读书总是很支持，并为有出息的孩子感到骄傲。二姐对二儿媳说：去吧，好好读书吧。孩子交给我，你只管放心。喂养婴儿可不是一件容易的事，二姐日夜把婴儿搂在怀里，饿了冲奶粉，尿了换尿不湿，所受的辛苦可想而知。二姐不愿让婴儿多哭，有时半夜还抱着婴儿在床前走来走去。有一年秋天我回老家看二姐，见二姐明显消瘦，而她怀里的孙子却又白又胖。孙子接近三岁，该去城里上幼儿园了，他的爸爸妈妈才把他接走。这时他不认爸爸妈妈，只认奶奶。听说爸爸妈妈要接他走，他躲在门后大哭，拉都拉不出去。二姐只好把他送到城里，又陪他在城里住了一段时间，等他跟爸爸妈妈熟悉了，才离开。

到这里，我想二姐该休息一下了。不，二姐还是休息不成。2010年秋天，二姐的女儿生了孩子。二姐的女儿在杭州读研究生，因为要返校交毕业论文，还有答辩什么的，她的孩子还没有满月，就托给了二姐。新一轮喂养婴儿的工作又开始了，二姐再度陷入紧张状态。听二姐夫说，这个婴儿老是在夜间哭闹，闹得二姐整夜都不能睡。有时需要给婴儿冲点奶粉，婴儿哭闹得都放不下。亏得二姐夫也没有外出打工，可以给二姐帮把手。在婴儿不哭的时候，二姐摸着婴儿的小脸蛋逗婴儿说：你这个小闺女儿，不该我看你呀！你有奶奶，怎么该姥姥看你呢！见外孙女被逗得咧着小嘴笑，二姐心里充满喜悦。

其实，二姐的身体并不是很好。年轻时，二姐早早就入了党。二姐当过生产队的妇女队长，当过县里学习毛主席著作积极分子，是全公社有名的"铁姑娘"。在生产队里割麦，二姐总是冲在最前头。从河底往河岸上拉河泥，别的女劳力都是两个人拉一辆架子车，只有二姐是一个人拉一辆架子车。因下力太过，二姐身上落下的毛病不算少。在我看来，二姐就是要强，心劲足，勇于担责，富于自我牺牲精神。换句话说，二姐的精神力量大于她的身体力量，她身体能量的超常付出，靠的是精神力量的支撑。

我们姐弟五个，我和弟弟早就在城里安了家，大姐和妹妹也相继随家人到了城里。现在仍在农村种地的只有我二姐。近年来，我每年回老家到母亲坟前烧纸，都是先到二姐家，由二姐准备好纸、炮和祭品，我们一块儿回到老家的院子里，把落满灰尘的屋子稍事打扫，再一块儿到坟地烧纸。我和二姐聊起来，二姐说，她这一辈子哪儿都不去了，在农村挺好的。想当年，二姐满怀壮志，一心想离开农村，往社会上层走。如今迁徙之风风起云涌，人们纷纷往城里走，二姐反倒塌下心来，只与农村、土地和庄稼为伍。二姐习惯关注国内外的大事，她注意到，现在世界上很多国家缺粮食，粮食还是最宝贵的东西。二姐说，等今年的新小麦收下来，她不打算卖了，晒干后都储存起来，万一遇到灾荒年,让我们都到她家去吃。二姐的说法让人眼湿。

今年临近麦收,二姐病了一场,在县医院打了十多天吊针,病情才有所缓解。岁月不饶人。二姐毕竟是年逾花甲的人了,已经不起过度劳累。我劝二姐,人的身体力量和精神力量都是有限的,凡事须量力而行,以自己的身体为重。

2011 年 6 月 20 日于北京和平里

妹　妹

我妹妹不识字，她一天学都没上过。

我们姐弟六个，活下来五个。大姐、二姐各上过三年学。我上过九年学。弟弟上了大学。只有我妹妹从未踩过学校的门口。

不管是男孩子，还是女孩子，我们姐弟都很喜欢读书。比如我二姐，她比我大两岁。因村里办学晚了，二姐与我在同一个班，同一个年级。二姐学习成绩很好，在班里数一数二。1960年夏天，我父亲病逝后，母亲就不让二姐再上学了。那天正吃午饭，二姐一听说不让她上学，连饭也不吃了，放下饭碗就要到学校里去。母亲抓住她，不让她去。她使劲往外挣。母亲就打她。二姐不服，哭的声音很大，还躺在地上打滚儿。母亲的火气上来了，抓过一只笤帚疙瘩，打二姐打得更厉害。与我家同住在一个院的堂婶儿看不过去，说哪有这样打孩子的，要母亲别打了。母亲这才说了她的难处，母亲说，几个孩子嘴都顾不住，能挣个活命就不错了，哪能都上学呢！母亲也哭了。见母亲一哭，二姐没有再坚持去上学，她又哭了一会儿，爬起来到地里去薅草。从那天起，二姐就失学了。

我很庆幸，母亲没有说不让我继续上学。

妹妹比我小三岁。在二姐失学的时候，妹妹也到了上学的年龄。母亲没有让我妹妹去上学，妹妹自己好像也没提出过上学的要求。我们全家似乎都把妹妹该上学的事忘记了。妹妹当时的任务是看管我们的小弟弟。小弟弟有残疾，是个罗锅腰。我嫌他太难看，放学后，或星期天，我从不愿意带他玩。他特别希望跟我这个当哥哥的出去玩，我不带他，他就大哭。他哭我也不管，只管甩下他，跑走了。他只会在地上爬，不会站起来走，反正他追不上我。一跑到院子门口，我就躲到墙角后面观察他，等他觉得没希望了，哭得不那么厉害了，我才悄悄溜走。平日里，都是我妹妹带他玩。妹妹让小弟弟搂紧她的脖子，她双手托着小弟弟的两条腿，把小弟弟背到这家，背到那家。她用泥巴给小弟弟捏小黄狗，用高粱篾子给小弟弟编花喜鹊，还把小弟弟的头发朝上扎起来，再绑上一朵石榴花。有时她还背着小弟弟到田野里去，走得很远，带小弟弟去看满坡地的麦子。妹妹从来不嫌弃小弟弟长得难看，谁要是指出小弟弟是个罗锅腰，妹妹就跟人家生气。

妹妹还会捉鱼。她用竹篮子在水塘里捉些小鱼儿，炒熟了给小弟弟吃。那时我们家吃不起油，妹妹炒鱼时只能放一点盐。我闻到炒熟的小鱼儿很香，也想吃。我骗小弟弟，说替他拿着小鱼儿，他吃一个，我就给他发一个。结果有一半小鱼儿跑到我肚子里去了，小弟弟再伸手跟我要，就没有了。小弟弟突然病死后，我想起了这件事，觉得非常痛心，非常对不起小弟弟。于是我狠哭狠哭，哭得浑身抽搐，四肢麻木，几乎昏死过去。母亲赶紧找来一个老先生，让人家给我扎了几针，放出几滴血，我才缓过来了。

我妹妹下面还有一个弟弟，是我们的二弟弟。二弟弟到了上学年龄，母亲按时让他上学去了。这时候，母亲仍没有让妹妹去上学。妹妹没有跟二弟弟攀比，似乎也没有什么怨言，每天照样下地薅草，拾柴，放羊。大姐二姐都在生产队里干活儿，挣工分。妹妹还小，队里不让她挣工分，她只能给家里干些放羊拾柴的小活儿。我们家做饭烧的柴草，多半是妹妹拾来的。妹妹一天接一天地把小羊放大了，母亲把羊牵到集上卖掉，换来的钱一半给我和二弟弟交了学费，另一半买了一只小猪娃。这些情况我当时并不完全知道。妹妹每天下地，我每天上学，我们很少在一起。中午我回家吃饭，往往看见妹妹背着一大筐青草从地里回来。我们家养猪很少喂粮食，都是给猪喂青草。妹妹每天至少要给猪薅两大筐青草，才能把猪喂饱。妹妹的脸晒得通红，头发辫子毛茸茸的，汗水浸湿了打着补丁的衣衫。我对妹妹不是很关心，看见她跟没看见她差不多，很少跟她说话。妹妹每天薅草，喂猪，我当时没觉得有什么不正常。至于家里让谁上学，不让谁上学，那是母亲的事，不是我的事。

妹妹是很聪明的，学东西很快，记性也好。我们村有一个老奶奶，会唱不少小曲儿。下雨天或下雪天，妹妹到老奶奶家去听小曲儿，听几遍就把小曲儿学会了。妹妹唱得声音颤颤地，虽说有点胆怯，却比老奶奶唱得还要好听许多。我们在学校里唱的歌，妹妹也会唱。我想定是我们在教室里学唱歌时，被妹妹听到了。我们的教室是土坯房，房四周裂着不少缝子，一唱歌传出很远。妹妹也许正在教室后面的坑边薅草，她一听唱歌就被吸引住了。妹妹不是学生，没有资格进教室，她就跟着墙缝子里冒出来的歌声学。不然的话，妹妹不会那么快就把我们刚学会的歌也学会了。我敢说，妹妹要是上学的话，肯定是一个好学生，学习成绩一定很好，在班里不能拿第一名，也能拿第二名。可惜得很，妹妹一直没得到上学的机会。

我考上镇里的中学后，就开始住校，每星期只回家一次。我星期六下午回家，星期天下午按时返校。我回家一般也不干活儿，主要目的是回家拿吃的。母亲为我准备下够一星期吃的红薯和红薯片子磨成的面，我带上就走了。秋季的一个星期天，我又该往学校背面了，可家里一点面也没有了。夏季分的粮食吃完了，秋季的庄稼还没完全成熟，怎么办呢？我还要到学校上晚自习，就快快不乐地走了。我头天晚上没吃饭，第二天早上也没吃东西，饿着肚子坚持上课。那天下着小雨，秋风吹得窗外的杨树叶子哗哗响，我身上一阵阵发冷。上完第二节课，课间休息时，同学们都出去了，我一个人在教室里待着。有个同学在外面告诉我，有人找我。我出去一看，是妹妹来了。她靠在一棵树后，很胆怯的样子。妹妹的衣服被雨淋湿了，打缕的头发粘在她的额头上。她从怀里掏出一个黑毛巾包递给我。我认出这是母亲天天戴的头巾。里面包的是几块红薯，红薯还热乎着，冒着微微的白汽。妹妹说，这是母亲从自留地里扒的，红薯还没长开个儿，扒了好几棵才这么多。我饿急了，拿过红薯就吃，噎得我胸口直疼。事后知道，妹妹冒着雨在外面整整等了我一个课时。她以前从未来过我们学校，见很大的校园里绿树成荫，鸦雀无声，一排排教室里正在上课，就躲在一棵树后，不敢问，也不敢走动。她又怕我饿得受不住，急得都快哭了。直到下课，有同学问她，她才说是找我。

后来我到外地参加工作后，给大姐、二姐都写过信，就是没给妹妹写过信。妹妹不识字，给她写信她也不会看。这时我才想到，妹妹也该上学的，哪怕像两个姐姐那样，只上几年学也好呀。妹妹出嫁后，有一次回家问我母亲，她小时候为什么不让她上学。妹妹一定是遇到了不识字的难处，才向母亲问这个话。母亲把这话告诉我了，意思是埋怨妹妹不该翻旧账。我听后，一下子觉得十分伤感。我觉得这不是母亲的责任，是我这个长子长兄的责任。母亲一心供我上学，就没能力供妹妹上学了。实际上是我剥夺了妹妹上学的权利，或者说是妹妹为我做出了牺牲。牺牲的结果，我妹妹一辈子都是一个睁眼瞎啊！

在单位，一听说为"希望工程"捐款，我就争取多捐。因为我想起了我妹妹，想到还有不少女孩子像小时候的我妹妹一样，因家庭困难而上不起学。有一年春天，我到陕西一家贫困矿工家里采访。这家有一个正上小学六年级的女孩子，还是班长和少先队的大队长。我刚跟女孩子的母亲说了几句话，女孩子就扭过脸去哭起来。因为女孩子的父亲因意外事故死去了，家里为她交不起学费，女孩子正面临失学的危险。女孩子最害怕的就是不让她继续上学。这种情况让我马上想到了我二姐，还有我妹妹。我的眼泪哗啦啦地流，哽咽得说不成话，采访也进行不下去。我掏出一点钱，给女孩子的母亲，让她给女孩子交学费,千万别让女孩子失学。

我想过,给"希望工程"捐款也好,替别的女孩子交学费也好,都不能给我妹妹弥补什么。可是,我有什么办法呢?

那双翻毛皮鞋

母亲到矿区帮我们看孩子,老家只有我弟弟一个人在家。弟弟当时正在镇上的中学读高中,吃在学校,住在学校,每星期直到星期天才回家一次。以前弟弟回家时,都是母亲给他做饭吃。母亲不在家,弟弟只好自己生火烧锅,自己做饭。那是1975年,母亲秋天到矿区,直到第二年麦收之后才回。也就是说,连当年的春节,都是弟弟一个人度过的。过春节讲究红火热闹,阖家团圆。而那一年,我们家是冷清的,我弟弟的春节是过得孤苦的。这一点是我后来才想到的。当时,我并没有多想弟弟一个人的春节该怎么过,好像把远在家乡的弟弟忘记了。

弟弟也是母亲的儿子,母亲对儿子肯定是牵挂的。可是,母亲并没有把牵挂挂在嘴上,过春节期间,我没听见母亲念叨我弟弟,她对我弟弟的牵挂是默默地牵挂。直到临回老家的前一天,母亲才对我提出,要把我的一双翻毛皮鞋捎回家给我弟弟穿一穿。母亲出来七八个月,她要回家了,我这个当哥哥的,应该给弟弟买一点什么东西捎回去。我父亲下世早,弟弟几乎没得到过什么父爱,我应该给弟弟一些关爱。然而我连一分钱的东西都没想起给弟弟买。在这种情况下,我母亲提出把我的翻毛皮鞋捎给弟弟穿穿,我当然也没有任何理由不同意。那是矿上发的劳动保护用品,看去笨重得很,我只在天寒地冻的时节才穿,天一暖就不穿了。我从床下找出那双落满灰尘、皮子已经老化得发硬的皮鞋,交给了母亲。

我弟弟学习成绩很好,是他所在班的班长。我后来还听说,那个班至少有两个女同学爱着我弟弟。弟弟的同学大概都知道,他们班长的哥哥在外边当煤矿工人,是挣工资的人。因我没给弟弟买过什么东西,他的穿戴与别的同学没什么区别,一点儿都不显优越。母亲把翻毛皮鞋捎回去抿好了,弟弟穿上皮鞋在校园里一走,一定会给弟弟提不少精神。弟弟的同学也会注意到弟弟脚上的皮鞋,他们对弟弟的羡慕可想而知。

让我一辈子都不能原谅自己的是,这年秋天,一位老乡回家探亲前找到我,问我有没有事托给他,我想了想,让他把我的翻毛皮鞋捎回来。话一出口,我就觉得不妥,母亲既然把皮鞋带给了弟弟,我怎么能再要回来呢!当然,我至少可以找出两种理由为自己开脱。比如:因我小时候在老家被冻烂过脚后跟,以后每年冬天脚后跟都会被冻烂。我当上工人后,拿我的劳保用品深筒胶靴与别的工种的工友换了同是劳保用品的翻毛皮鞋,并穿上妻子给我织的厚厚的毛线袜子,脚后跟才没有再冻烂过。再比如:那时我们夫妻俩的工资加起来还不到七十元,都是这月望着下月的工资过生活,根本没有能力省出钱来去买一双新的翻毛皮鞋。尽管如此,我还是有些后悔,一双旧皮鞋都舍不得留给弟弟，是不是太过分了，这哪是一个当哥哥的应有的道理！我心里悄悄想，也许母亲会生气，拒绝把皮鞋捎回来。也许弟弟已经把皮鞋穿坏了，使皮鞋失去了往回捎的价值。老乡回老家后，我不但不希望老乡把皮鞋捎回来，倒希望他最好空手而归。

十几天后，老乡从老家回来了，他把那双刷得干干净净的翻毛皮鞋捎了回来。接过皮鞋，我心里一沉，没敢多问什么，就把皮鞋收了起来。从那以后，那双翻毛皮鞋我再也没穿过。

我兄弟姐妹六人，最小的弟弟七岁病死，还有五人。在我年少和年轻的时候，朦胧觉得孩子是父母的孩子，只有父母才对孩子负有责任，而兄弟姐妹之间是没有的，谁都不用管谁。随着年龄的增长，我才认识到了，一娘同胞的兄弟姐妹，因血脉相连，亲情相连，彼此之间也是负有责任的，应当互相关心、互相照顾才是。回过头来看，在翻毛皮鞋的事情上，我对弟弟是愧悔的。时间愈久，愧悔愈重。时过境迁，现在大家都不穿翻毛皮鞋了。就算我现在给弟弟买上一千双翻毛皮鞋，也弥补不了我的愧悔之情。我应该对弟弟说出我的愧悔。作为弟弟的长兄，因碍着面子，我迟迟没有说出。那么，我对母亲说出来，请求母亲的原谅总可以吧。可是，还没等我把愧悔的话说出来，母亲就下世了。每念及此，我眼里就饱满了眼泪。有时半夜醒来，我突然就想起那双翻毛皮鞋的事，就难受得好一会儿无法入睡。现在我把我的愧悔对天下人说出来了，心里才稍稍觉得好受一点。

2010 年 9 月 3 日于北京

III 心情

心　重

我的小弟弟身有残疾,他活着时,我不喜欢他,不愿带他玩。小弟弟病死时,我却哭得浑身抽搐,手脚冰凉,昏厥过去。母亲赶紧喊来一位略通医道的老爷爷,老爷爷给我扎了一针,我才苏醒过来。母亲因此得出了一个看法,说我是一个心重的孩子。母亲临终前,悄悄跟村里好几个婶子交代,说我的心太重,她死后,要婶子们多劝我,多关照我,以免我哭得太厉害,哭得昏死过去。

我对自己并不是很理解,难道我真是一个心重的人吗?回头想想,是有那么一点。比如有好几次,妻子下班或外出办事,该回家不能按时回家,我总是不由自主地为妻子的安全担心。我胡想八想,想得越多,心越往下沉,越焦躁不安。直到妻子终于回家了,我仍然心情沉闷,不能马上释怀。妻子说,她回来了,表明她没出什么事儿,我应该高兴才是。我也明白,自己应该高兴,应该以足够的热情欢迎妻子归来。可是,大概因为我的想象沿着不好的方向走得有些远了,一时还不能返回来,我就是管不住自己,不能很快调动起高兴的情绪。等妻子解释了晚回的原因,我们又说了一会儿话,我压抑的情绪才有所缓解,并渐渐恢复到正常状态。我想,这也许就是我心重的表现之一种吧。

许多人不愿意承认自己心重,认为心重是小心眼儿,是性格偏执,是对人世间的有些事情看不开、放不下造成的。有人甚至把心重说成是一种消极的心理现象,是不健康的心态。对于这样的认识和说法,我实在不敢认同。不是我为自己辩解,以我的人生经验和心理经验来看,我认为心重关乎敏感,关乎善良,关乎对人生的忧患意识,关乎对责任的担当,等等。从这些意义上说,心重不但不是什么负面的心理现象,而正是一种积极、健康、向上的心态。

我不揣冒昧,做出一个判断,凡是真正热爱写作的人,都是心重的人,任何有分量的作品都是心重的人写出来的,而非心轻的人所能为。一个人的文学作品,是这个人的生命之光,生命之舞,生命之果,是生命的一种精神形式。生命的质量、力量和分量,决定着文学作品的质量、力量和分量,有什么样的生命,才能写出什么样的作品。我个人理解,生命的质量主要是对一个人的人格而言,一个人有着善良的天性,高贵的心灵,高尚的道德,悲悯的情怀,他的生命才称得上有质量的生命。生命的力量主要是对一个人的智性和思想深度而言,这个人勤学,善于独立思考,对世界有着独到的深刻见解,又勇于准确地表达自己的见解,这样的生命无疑是有力量的生命。生命的分量主要来自一个人的阅历和经历,它不是先天就有的,而是后天经年累月积累起来的。他奋斗过,挣扎过,痛苦过,甚至被轻视过,被批斗过,被侮辱过,加码再加码,锤炼再锤炼,生命的分量才日趋完美。

沈从文在评价司马迁生命的分量时，有过精当的论述。沈从文认为，司马迁的文学态度来源于司马迁一生从各方面所得到的教育总量，司马迁的生命是有分量的生命。这种分量和痛苦忧患有关，不是仅仅靠积学所能成就。

回头再说心重。心重和生命的分量有没有关系呢？我认为是有的。九九归心，其实所谓生命的分量也就是心的分量。一个人的心重，不等于这个人的心就一定有分量。但拥有一颗有分量的心，必定是一个心重的人。一个人的心轻飘飘的，什么都不过心，甚至没心没肺，无论如何都说不上是有分量的心。

目前所流行的一些文化和艺术，因受市场左右，在有意无意地回避沉重的现实，一味搞笑，娱乐，放松，解构，差不多都是轻而又轻的东西。这些东西大行其道，久而久之，只能使人心变得更加轻浮，更加委琐，更加庸俗。心轻了就能得到快乐吗？也不见得。米兰·昆德拉的观点是：生命不能承受之轻。他说过，也许最沉重的负担同时也是一种生活最为充实的象征，负担越沉，我们的生活就越贴近大地，越趋近真切和实在。相反，完全没有负担，人变得比大气还轻，会高高地飞起，离别大地，运动自由而毫无意义。

有一年我去埃及，在不止一处神庙中看到墙上内容大致相同的壁画。壁画上画着一种类似秤或天平样的东西，像是衡器。据介绍，那果然是一种衡器。衡器干什么用的呢？是用来称人的心。每个人死后，都要把心取出来，放在衡器上称一称。如果哪一个人的心超重，就把这个人打入另册，不许变成神，也不许再转世变成人。那么对超了分量的心怎么处理呢？衡器旁边还画着一条巨型犬，犬吐着红舌头，负责称心的人就手就把不合标准的心扔给犬吃掉了。我不懂埃及文化，不知道壁画背后的典故是什么，但听了对壁画的介绍，我难免联想到自己的心，不由得惊了一下。我承认过自己心重，按照埃及的说法，我死后，理应受到惩罚，既不能变成神，也不能再变成人。从今以后，我是不是也想办法使自己的心变得轻一些呢？想来想去，我想还是算了，我宁可只有一生，宁可死后不变神，也不变人，还是让我的心继续重下去吧。

2011 年 12 月 22 日于北京和平里

凭什么我可以吃一个鸡蛋

1967年初中毕业后，我回乡当了两年多农民。我承认，我不是一个好农民，因为我对种地总也提不起兴趣。我成天想的是，怎样脱离家乡那块黏土地，到别的地方去生活。我不敢奢望一定到城市里去，心想只要挪挪窝儿就可以。

若是我从来没有外出过，走出去的心情不会那么急切。在1966年秋冬红卫兵大串联期间，当年十五岁的我，身穿黑粗布棉袄、棉裤，背着跟当过兵的堂哥借来的黄书包，先后到了北京、武汉、长沙、杭州、上海、南京等大城市，在湘潭过了元旦，在上海过了春节。外出之前，我是一个黄巴巴的瘦小子。串到城市里的红卫兵接待站，我每天吃的是大米饭、白面馒头，有时还有鱼和肉。串了一个多月回到家，我的脸都吃大了，几乎成了一个胖子。这样一来，我的欲望就膨胀起来了，心也跑野了。我的头脑里装进了外面的世界，知道天外有天，河外有河，外面是那样广阔，那般美好。回头再看我们村庄，灰灰的，矮趴趴的，又瘦又小，实在没什么吸引人的地方。不行，我要走，我要甩掉脚上的泥巴，到别的地方去。

这期间，我被抽调到公社毛泽东思想文艺宣传队干了一段时间。在宣传队也不错，我每天和一帮男女青年唱歌跳舞，移植革命样板戏，到各大队巡回演出，过的是欢乐的日子。宣传队没有食堂，我们到公社的小食堂，跟公社干部们一块儿吃饭。干部们吃豆腐，我们跟着吃豆腐；干部们吃肉包子，我们也吃肉包子。我记得，我们住在一家被打倒的地主家的楼房里，公社每月发给我们每人15块钱生活费，生产队还按出满勤给我们记工分。我们的待遇很让农村青年们羡慕。要是宣传队长期存在就好了，那样的话，我就不用再回到庄稼地里去。不料宣传队是临时性的，它头年秋后成立，到了第二年春天，小麦刚起身就解散了。没办法，再留恋宣传队的生活也无用，我只得拿起锄头，重新回到农民的行列。

还有一条可以走出农村的途径，那就是去当兵。那时全国人民学习解放军的口号喊得震天响，农村青年对应征入伍都很积极。我曾两次报名参军，体检都没问题。但一到政治审查这一关，就把我刷下来了。原因是我父亲曾在冯玉祥部当过一个下级军官，被人说成是历史反革命。想想看，一个历史反革命的儿子，人家怎么能容许你混入革命队伍呢！第一次报名参军不成，已经让我感到深受打击。第二次报名参军又遭拒绝，使我几乎陷入一种绝望的境地。我觉得自己完蛋了，这一辈子再也没什么前途了。我甚至想到，这样下去，活着还有什么意思呢！

我消沉下来，不愿说话，不愿理人，连饭都不想吃。我一天比一天瘦，忧郁得都挂了相。憋屈得实在受不了，我的办法是躲到村外一片茂密的苇子棵里去唱歌。我选择的是一些忧伤的、抒情的歌曲，大声把歌曲唱了一支又一支，直唱得泪水顺着两边的眼角流下来，并在苇子棵里睡了一觉，压抑的情绪才稍稍有所缓解。

母亲和儿子是连心的，我悲观的情绪自然是瞒不过母亲。我知道母亲心里也很难过，但母亲不能改变我的命运，也无从安慰我。"文革"一开始，母亲就把我父亲穿军装的照片和她自己随军时穿旗袍的照片统统烧掉了。照片虽然烧掉了，历史是烧不掉的。已经去世的父亲无论如何也想不到，他的那段历史会株连到他的儿子。母亲曾当着我的面埋怨过父亲，说都是因为父亲的过去把我的前程给耽误了。母亲埋怨父亲时，我没有说话，没有顺着母亲的话埋怨父亲，更没有对母亲流露出半点不满之意。母亲为了抚养她的子女，承受着一般农村妇女所不能承受的沉重压力，已经付出了万苦千辛，如果我再给母亲脸子看，就显得我太没人性。我不怨任何人，只怨自己命运不济。

有一天早上，母亲做出了一个决定，给我煮一个鸡蛋吃。我们家通常的早饭是，在锅边贴一些红薯面的锅饼子，在锅底烧些红薯茶。锅饼子是死面的，红薯茶是稀汤寡水。我们啃一口锅饼子，喝一口红薯茶，没有什么菜可就，连淹咸菜都没有。母亲砸一点蒜汁儿，把鸡蛋剥开，切成四瓣，泡在蒜汁儿里，给我当菜吃。鸡蛋当时在我们那里可是奢侈品，一个人一年到头都难得吃一个鸡蛋。过麦季时，往面条锅里打一些鸡蛋花儿，全家人吃一个鸡蛋就不错了。有的人家的娇孩子，过生日时才能吃到一个鸡蛋。那么，差不多家家都养鸡，鸡下的蛋到哪里去了呢？鸡蛋一个个攒下来，拿到集上换煤油和盐去了。

比起吃鸡蛋，煤油和盐更重要。没有煤油，就不能点灯，夜里就得摸黑。没有盐吃，人干活儿就没有力气。我家那年养有一只公鸡，两只母鸡。由于舍不得给鸡喂粮食，母鸡下蛋下得不是很勤奋，一只母鸡隔一天才会下一个蛋。以前，我们家的鸡蛋也是舍不得吃，也是拿鸡蛋到集上换煤油和盐。母亲这次一改往日的做法，竟拿出一个鸡蛋给我吃。我在大串联时和宣传队里吃过好吃的，再吃又硬又黏的红薯面锅饼子，实在难以下咽。有一个鸡蛋泡在蒜汁儿里当菜就好多了，我很快就把一个锅饼子吃了下去。

　　问题是，我母亲没有吃鸡蛋，大姐、二姐没有吃鸡蛋，妹妹和弟弟也没有吃鸡蛋，只有我一个人每天早饭时吃一个鸡蛋。我吃得并不是心安理得，但让我至今回想起来仍感到羞愧甚至羞耻的是，我没有拒绝，的确一次又一次把鸡蛋吃掉了。我没有让给家里任何一个亲人吃，每天独自享用一个宝贵的鸡蛋。我那时还缺乏反思的能力，也没有自问：凭什么我就可以吃一个鸡蛋呢？要论辛苦，全家人数母亲最辛苦。为了多挣工分，母亲风里雨里，泥里水里，一年到头和生产队里的男劳力一起干活儿。冬天下雪，村里别的妇女都不出工了，母亲还要到场院里去给牲口铡草，一趟一趟往麦子地里抬雪。要数对家里的贡献，大姐、二姐都比我贡献大。大姐是妇女小组长，二姐是生产队的妇女队长，她们干起活儿来都很争强，只能冲在别人前头，绝不会落在别人后头。因此，她们挣的工分是妇女劳力里最高的。要按大让小的规矩，妹妹比我小两岁，弟弟比我小五岁，妹妹天天薅草，拾柴，弟弟正上小学，他们正是长身体的时候，更需要营养。可是，他们都没有吃鸡蛋，母亲只让我一个人吃。

我相信，他们都知道鸡蛋好吃，都想吃鸡蛋。我不知道，母亲在背后跟他们说过什么没有，做过什么工作没有，反正他们都没有提意见，没有和我攀比，都默默地接受了让我在家里搞特殊化的现实。大姐、二姐看见我吃鸡蛋，跟没看见一样，拿着锅饼子，端着红薯茶，就到别的地方吃去了。妹妹一听见刚下过蛋的母鸡在鸡窝里叫，就抢先去把温热的鸡蛋拾出来，递给母亲，让母亲煮给我吃。

我不是家长，家长还是母亲，我只是家里的长子。作为长子，应该为这个家多承担责任，多做出牺牲才是。我没有承担什么，更没有主动做出牺牲。我的表现不像长子，倒像是家里最小的孩子。

我们那里有句俗话，会哭闹的孩子有奶吃。我没有哭，没有闹，有的只是苦闷，沉默。也许在母亲看来，我不哭不闹，比又哭又闹还让她痛心。可能是母亲怕我憋出病来，怕我有个好歹，就决定让我每天吃一个鸡蛋。

姐妹兄弟们生来是平等的，在一个家庭里应该有着平等的待遇。如果父母对哪个孩子有所偏爱，或在物质利益上格外优待某个孩子，会被别的孩子说成偏心，甚至会导致产生家庭矛盾。母亲顾不得那么多了，毅然做出了让我吃一个鸡蛋的决定。

如今，鸡蛋早已不是什么奢侈品，家家都有不少鸡蛋，想吃几个都可以。可是，关于一个鸡蛋的往事却留在我的记忆里了。时间过去了四十多年，记忆不但没有模糊，反而变得愈发清晰。鸡蛋像是唤起记忆的一个线索，只要一看到鸡蛋，一吃鸡蛋，我心里一停，又一突，那个记忆就回到眼前。一个鸡蛋的记忆几乎成了我的一种心理负担，它教我反思，教我一再自问：凭什么我可以吃一个鸡蛋？自问的结果是，我那时太自私，太不懂事，我对母亲、大姐、二姐、妹妹和弟弟都心怀愧悔，永远的愧悔。

在母亲最后的日子里，我天天陪伴母亲。我的职业性质使我可以支配自己，有时间给母亲做饭，陪母亲说话。有一天，我终于对母亲把我的愧悔说了出来。我说：那时候我实在不应该一个人吃鸡蛋，过后啥时候想起来都让人心里难受。我想，母亲也许会对我解释一下让我吃鸡蛋的缘由，不料母亲却说：都是过去的事了，你这孩子，还提它干什么！

2012 年 12 月 20 日于北京小黄庄

卖　书

上次我写过一篇《卖烟叶儿》，意思是说我不会叫卖，不善讲价钱，卖东西只能是吃亏。我拿烟叶儿说事儿，背后的话是想说，除了卖烟叶儿，我什么东西都不会卖，包括卖书。有了那篇东西，这篇小文不写也可以。可不写又觉得不尽意，还是把卖书的事儿也写一写吧。

我1972年开始写小说，写了四十多年，出了五十多本书。书有商品属性，也要拿到市场上去卖。回忆起来，我曾参与卖过两次书，一次是卖我的中短篇小说集《遍地白花》；还有一次是卖我的长篇小说《红煤》。

这两次参与卖书，也不是我自己要卖，是出版方安排我到书店签售。出版社为你出了书，希望你能够配合书的宣传推广工作，以期取得好一点的效益，你不配合也不好。《遍地白花》是作为"作家档案丛书"之一种出版的，那套丛书的第一辑一共出了十位作家的作品集，我记得有林希、贾平凹、阎连科、周大新、阿成、毕飞宇等人的。应该说那套书的创意很不错，书做得也很讲究。书里收录了作者的处女作、代表作、有争议的作品，还收录了作家所出版的作品目录、作家创作经历的大事记和一些老照片,的确具有回顾和"档案"的性质。反正我对自己的那本书是满意的,愿意把书带回老家,分发给兄弟姐妹们看。书出版之后,出版社的领导把作家们召集到北京,在出版社的编辑部举行了一个首发式,还开了一个座谈会。之后,作家们便转移阵地,到王府井新华书店进行签售活动。

该书店是北京一家老牌子的书店,书店营业面积大,书的品种齐全,去那里买书的人历来很多。我想,我们一帮人去那里签售,会不会给书店带去一番热闹呢?会不会对书店当日的营业额有所提升呢?我不止一次看过晚报的报道,说某作家到某书店签名售书,读者排队排得很长,以致作家签名签得手腕都疼了。我虽然不敢奢望出现那样的场景,但我们一下子去了那么多人,总该有一些集体效应吧!结果不但"排长队"和"手腕疼"的场景没有出现,让我始料不及的是,签售现场是那样的冷冷清清。我一本书没签不用说了,别的几位作家也就是签三五本就完了。书店里人来人往,我们坐在那里有些尴尬,脸上都有些挂不住。有的作家到门外抽烟去了,有的作家开始溜号。此处不可久留,见别人溜,我也开溜。我溜得有些灰溜溜的。

事后我有不服气的地方,也有想不明白的地方。要说我的粉丝不多,在读者中没什么号召力,我承认。可我们其中的一些作家,粉丝是很多的,在读者中是很有号召力的,那天他们为什么也没得到读者的拥簇呢!是不是因为我们去的人太多了,反而分散了读者的注意力,使读者一时失去了选择的方向呢?

签售《红煤》的地点,是在郑州的一家大型图书商城。之所以专程从北京到郑州，出版方考虑的是，我的老家在河南，我写的多是家乡的故事，我在河南的读者或许会多一些。一路上，我心里有些打鼓。说实在话，对于我在河南的读者是不是多一些，我心里一点底儿都没有。再说，一个没什么大本事的人，写点儿东西是我的爱好，是我个人的事，我并不想让过多的家乡人知道我的写作生活。出版方当然希望我的名气越大越好，而我对所谓名气持的是保守的态度。

  图书商城的准备工作是充分的，他们在当地的媒体发了签售预告，在签售现场扯了条幅，摆了桌子，桌子旁边摞了一大摞《红煤》。他们精心把《红煤》摞成螺旋状，使一堆书呈现的是上升的趋势。我估计，这一堆书至少有二百本。这本书的装帧很不错，紫红色的底子烘托着两个黑色的大字。书名是贾平凹兄帮我题写的，印在书的封面上有凸起的效果。用手一抚摸，仿佛书上真的镶嵌有两块乌金一样。商城承办这样的活动，当然会有商业方面的考虑，会有经济效益方面的预期。然而，真的对不起，我让老乡们失望了。我记得很清楚，只有六位买书人让我给他们签了名，此后，再没有人买我的书。有人拿起书翻了翻，似乎还没看到"煤"和"挖煤人"之间的联系，就把书放下了。还有人把坐在桌后的我，和条幅上我的名字对照了一下，好像仍不知道我是谁，一直走了过去。我一个人坐在那里很不舒服，不知道自己在干什么。我想起少年时代一次到集上卖烟叶儿的事。烟叶儿里含有尼古丁，是真正的毒草，别人不愿意买是对的。可我的书里一点毒素都没有，别人怎么也不愿意买呢！我还想起那次在王府井新华书店的集体签售活动，那次买我们书的人虽然也不多，也让我们觉得有些尴尬，但有朋友们互相遮着，大哥别说二哥，谁都不必把责任揽在自己头上。这次情况不同些，这次我唱的是独角戏，观众买不买账，责任只能由我一个人承担。想溜是不可能了，我只有硬着头皮，在那里干坐着。人说求人难，没想到卖书也这么难。那一刻，我觉得自己有些可怜巴巴，真正体会到了如坐针毡的滋味。

　　让我现眼的事还在后面。定是在媒体上看到了信息，我的一个在郑州打工的堂弟和一个在郑州做生意的亲戚，到签售现场看我去了。他们大概以为我干的是一件露脸的事，就去给我捧场。他们的出现，着实让我吃惊不小，我暗暗叫了一声坏了，这一次现眼算是现到家了。不过，他们去看我也有好处，我可以和他们说说话，问问老家的一些情况，总比我一个人在那里干坐着好一些，时间上也会好熬一些。

　　不少朋友劝我，不要写小说了，去弄电视剧。说弄电视剧挣钱多，也会扩大我的名气。对这样好心的劝说，我总是有些不好意思。该怎么说呢？我想说的是，一个人一辈子能写多少书，能挣多少文名，能挣多少钱，都是命里注定。我们得认命，命中没有的，我们不可强求。

2015 年 1 月 24 日于北京五洲大酒店

发疟子

在我们老家,把患疟疾病说成发疟子。谁今天怎么没出工呢?他在家里发疟子哩!在我小时候的印象里,夏天和秋天,人发疟子是一种普遍现象。好比人人都免不了被无处不在的蚊子叮咬,每人每年也会发上一两次疟子。那时候,我们不知道发疟子是寄生在我们体内的疟原虫在作怪,也不知道发疟子是由蚊子的传染而起,说是鬼附体造成的。那种鬼的名字叫疟子鬼。人对鬼历来无可奈何,一旦被疟子鬼看上,大部分人只能干熬着。熬上七八天或十来天,等把疟子鬼熬烦了,疟子鬼觉得老待在你身上不新鲜了,没啥趣味了,就转移了。疟子鬼一走,你的病就好了。

也有人性急,疟子鬼一上身,就想尽快把疟子鬼甩掉。流行的办法是跑疟子,也就是和疟子鬼赛跑。如果一个人跑得足够快,快到疟子鬼都追不上他的步伐,就有可能把讨厌的疟子鬼甩到屁股后面。跑疟子在时间上有一个条件,不能夜里跑,也不能早上跑,只能在正晌午头跑。在跑疟子过程中,有两条类似规则性的要求,那就是不能回头看,也不能停下奔跑的脚步。你要是回头,疟子鬼以为你在逗它玩,会对你紧追不舍。你要是停下来呢,疟子鬼乐不可支,会继续以你的脊梁板为舞台,大唱胜利者之歌。妇女、老人和孩子,自知身体较弱,不是疟子鬼的对手,从不敢与疟子鬼过招儿。敢于跑疟子的都是一些青壮年男人,他们自恃身强力壮,可以与隐身的疟子鬼较量一番。

我曾多次看见过我们村或外村的青壮男人在野地里跑疟子的情景。往往是,我正端着饭碗在村西护村坑里侧吃午饭,隔坑望去,见一个人在田间的小路上埋头奔跑。秋收已毕,刚刚种上的小麦尚未出芽,大面积的田野一望无际。秋阳当头照着,空旷的黄土地里荧荧波动着半人高的地气。据说日正午是各种鬼魅们活动和活跃的时间,其中包括疟子鬼。我仿佛看见,众多的疟子鬼手舞足蹈,在为那个附在奔跑者身上的疟子鬼助威加油,加油!加油!而在野地里奔跑的只有一个人,没有一个人去鼓励他,为他加油,他的身影显得古怪而孤独。我不知道跑疟子的效果到底如何,只知道整个夏季和秋季,我们那里没有一个人能吃胖,没有一个人脸上有红光,一个两个,不是面黄,就是肌瘦。那都是被肆虐的疟疾病折磨的。

我自己发没发过疟疾呢?无一例外,当然发过。传说中的疟子鬼好像还比较喜欢我,我在老家期间,几乎每年都要发上一两回疟子。要不是听说屠呦呦因发明治疗疟疾的青蒿素得了诺贝尔奖,我或许想不起写一写小时候发疟子的事。屠呦呦获奖后,疟疾被人们重新反复提起,还说青蒿素在非洲每年可以挽救超百万人的生命,感叹之余,我想起我和疟疾也是有过关系的。我发疟子发得比较厉害,比较丢丑,几近疯狂的程度,回忆一下,还是蛮有意思的。

有两次发疟子,给我留下的记忆深刻一些。

一次是在夜间发疟子。疟子袭来,先发冷,后发烧。至于发烧烧到多少度,家里人谁都不知道。父亲摸摸我的额头,说烧得烫手。母亲摸摸我的脸,说烧得跟火炭儿一样。发烧那么高怎么办?父亲的办法,是把我盖在被窝里,搂紧我,让我出汗,捂汗。这是我们那里对发烧的人普遍采取的措施,乡亲们认为,出汗就是散热,只要捂出汗来,发烧就会减低,或者散去。可能是因为父亲用棉被把我的头捂得太严了,被窝里一点儿都不透气,我的呼吸变得越来越费劲,差不多要窒息了。迷迷糊糊中,我大概是出于求生的本能,垂死挣扎了一下。我挣扎的办法,是噢地叫了一声,双脚使劲一蹬,光着身子从被窝里蹿了出来。床头前面有一个盛粮食的圆形的囤,囤与床头之间有一个缝隙,我蹿出来后,就掉在缝隙之间的地上。父亲伸出一只手,拉住我的一只胳膊,往床上捞我。我定是发烧烧昏了头,失去了理智,竟张嘴在父亲的胳膊上咬了一口。以前,我只知道狗才会咬人,自己从没有咬人的想法。是发疟子发高烧,把我变成了一条狗。

更可笑的是,又有一次发疟子,把我烧成了"孙悟空"。这次疟子上来的时间是秋后的半下午。疟子鬼像是和我有约,一到半下午,它便微笑着如期而至。说实在话,我一点都不想和疟子鬼约会,这样的约会是它单方面发起的,是强加给我的,每次都把我害得很苦。可父母从没有带我去过医院,也不给我买什么药吃,似乎谁都无法拒绝疟子鬼的到来。可怕的是,明明知道疟子鬼下午要来,我只能坐在家门口等它。疟子鬼每次来,必给我带两样礼物,一样是冰,一样是火。

我一得到冰，立即全身紧缩，冷得直打哆嗦。我听见我的上下牙齿因哆嗦磕得咯咯的，就是咬不住。一得到火，我身上就开始发热，起烧。烧到一定程度，我头晕目眩，看树不是树，看屋不是屋。我家灶屋旁边有一棵桐树，桐树本来长在地上，头晕时再看，桐树一升，一升，就升到天空去了。目眩时看灶屋也是，灶屋像是遇到了旋风，旋风一旋，灶屋就随风而去。在家里负责看护我的二姐，见我烧得满脸通红，在堂屋的门槛上坐不住，就让我到大床上躺着。我躺到床上要是能睡一觉，也许会好受些。可我睡不着，闭眼睁眼都不行。闭上眼，我觉得自己的身体在往上浮，越浮越小，小着小着就没有了。为了证明自己的存在，我赶紧睁开眼。不料睁开眼更恐怖，我看到屋墙在摇晃，屋顶在倾斜，似乎随时都会墙倒屋塌，把我砸死在下面。不好，我要逃。我从床上一跃而起，蹬着床头的粮食囤，往用高粱秆做成的箔篱子上攀爬。箔篱子又薄又滑，很难爬得上去。我一抓住箔篱子，箔篱子就哗哗响起来。二姐听见动静进屋，问我干什么，让我下来。我要干什么呢？连我自己都不知道，既没有方向，也没有目的。我或许想爬上箔篱子上方的梁头，在又粗又大的梁头上暂避一时。二姐拉住我的脚，把我从箔篱子上拽了下来。

二姐没能终止我的行动，我夺门而出，向外面跑去。我们院子里住着好几户人家，院门是一个敞开式的豁口。按常规，我应该向豁口跑去。发烧烧得我头脑中没有了常规，我竟跑进了三爷家的菜园子，并翻过菜园子的后墙，向村后跑去。二姐在后面追赶我，大声喊着要我站住，站住！我不会听二姐的，她越让我站住，我越是加快奔跑的速度。迷乱之中,我仿佛觉得自己正和疟子鬼赛跑,而二姐正是传说中的疟子鬼。很快跑到村后的坑边,我记得坑上搭着一根独木,跨过独木桥即可到村外。不知为何,独木桥没有了,眼前只有像堑壕一样深深的水坑。我有些不知天高地厚,想起爷爷讲的孙悟空的故事,我想我不就是孙悟空嘛,孙悟空一个跟头十万八千里,这个小小的水坑算得了什么。于是我纵身一跳,向对岸跳去。跟头翻得不太理想,我垂直落入水中。好在我会凫水,加上秋水一激我清醒了些。等二姐赶到水边,我正水淋淋地往岸上爬。

现在回想起来,我发疟子发得那样严重,没有丢掉小命儿,脑子也没有烧坏,如今还能正常运转,真是万幸!

大约是到了1969年,我看到我们生产队饲养室的后墙上用白石灰刷了大标语:"疟疾蚊子传,吃药不要钱;得了疟疾病,快找卫生员;连吃八天药,防止今后犯。"赤脚医生给村里的每个人都发了药。几样药都很苦,我不知道其中有没有青蒿素。反正自从那年吃了药以后,我再也没发过疟子。

2015年10月21日于北京和平里

遭遇蝎子

有次去山东，见蝎子成了如今的一道菜。全须全尾被称为全虫的蝎子，用烈油炸过，一上桌就是一大盘。被炸熟的蝎子支离八叉，呈现的是挣扎过程中被固定的状态。每看见这道菜，我都会想起，我小时候曾被蝎子蜇到过，尝过这家伙的厉害。

小时候成天在野地里跑，先是蜜蜂蜇过我，后是马蜂蜇过我，接着就被蝎子蜇到了。这三种虫子有一个共同特点，它们的武器都不是长在嘴里，而是长在尾部。尾部生有一根注射器一样的利刺，"注射器"里装的都是毒液。相比之下，蜜蜂的毒性小一些，被蜜蜂蜇过，出一个小红点儿，疼上一阵儿，就过去了。马蜂细腰长身，毒性要大一些。被马蜂蜇到，想隐瞒都不行，因为蜇到的地方会发肿，带样儿，三四天之后才会恢复原状。最可怕当数蝎子，蝎子的毒辣是重量级的，一旦被蝎子蜇到，会疼得钻心钻肺，砭骨砭髓，让人一辈子都不会忘记。

我是在夏季的一天晚饭后被蝎子蜇到的。农村吃晚饭比较晚，一般都是端着饭碗摸黑在院子里吃。所谓晚饭，也就是一碗稀饭，里面顶多下几粒麦仁而已。我喝完稀饭,往灶屋送碗时,右手在门框上摸了一下。这一摸,得,正好摸到蝎子身上,就被蝎子蜇到了。刚被蝎子蜇到时,我并没意识到遭遇上了蝎子,当右手的中指猛地刺疼之后,我的第一反应是被钢针扎着了,而且扎得还挺深。这是谁干的?把针插在门框上干什么!我正要把疑问说出来,又一想,不对呀,就算门框上有针,我只是把针轻轻摸了一下,针也不会扎得如此主动和厉害呀!坏菜,黑灯瞎火的,我定是摸着蝎子了。那时候,我们老家的蝎子是很多的。蝎子是夜行爬虫,一到夜晚,蝎子就往上翻卷着带环节的长肚子,举着武器出行了。特别是在闷热潮湿的天气,从墙缝里爬出来的蝎子更多。我见有的大人拿着手电筒,哈腰探头往墙根上照。照到一只蝎子,趁蝎子被强光照得愣神的工夫,就用竹筷子夹起来,放进玻璃瓶里去了。不到半夜工夫,捉蝎人就能捉到多半瓶活蝎子。我们那里的人不吃蝎子,他们把蝎子卖到镇上的中药铺里去了。我从没捉过蝎子,与蝎子无冤无仇,相信蝎子不是有意蜇我。也许是,那只蝎子从门框上经过,我碰巧摸到了它,它误以为我要捉它,就给我来了那么一下子。

我对娘说:蝎子蜇我了。娘惊了一下,问我怎么知道的?我说我感觉像是被针狠狠扎了一下,不是蝎子蜇的是什么!娘说:蝎子蜇着可是很疼的,你不疼吗?

当然疼。在娘说到疼之前,我的手指虽说也疼,但疼得不是很厉害。娘一说到疼,仿佛对疼痛有所提醒,我的手指霍地就大疼起来。真的,我一点儿都没有夸大其词,的确疼得霍霍的。那种疼像是有一种跳跃性，它腾腾跳着往上顶，似乎要把皮肉顶破。顶不破皮肉，只能使疼上加疼。那种疼又像是有一种滚动性，它不限于在手指上作威，忽儿滚到这里，忽儿滚到那里，整只手，整条胳膊，甚至全身都在疼。人说十指连心，我以前不大理解，这一回算是深切体会到了。

怎么办，我只有哭。我那时意志力还很薄弱，没有力量忍受疼痛。我一上来就哭得声音很大，很难听，鬼哭狼嚎一般。我们那里形容一个人哭得尖利，难听，说是像被蝎子蜇着了一样。我不是像被蝎子蜇着了，而是货真价实的被蝎子蜇着了，哭一哭是题中应有之义。娘无法替我受疼，无法安慰我，也没有劝我别哭，只是让我躺下睡吧，睡一觉就好了。我倒是想睡一觉，可哪里睡得着呢！通过大哭，我想我的痛感也许会转移一下，减轻一些，不料我的痛感如同一架隆隆开动的机器，而我的眼泪像是为机器加了油一样，使"机器"运转得更快，疼得更厉害。我的身体以前从没有这样疼过，不认为疼有什么了不起。这一次我算是领教了，天底下还有这样的疼法，疼起来真是遭罪，真是要命。

除了大哭不止，我还为自己加了伴奏。我躺在放在院子里的一扇门板上，伴奏的办法，是一边哭，一边用两个脚后跟交替着擂门板，把门板擂得砰砰响。我家住的院子是一个大宅院，院子里住着四五户人家，其中有爷爷奶奶辈的，有叔叔婶子辈的，还有不少堂哥堂姐堂弟堂妹。我知道，由于我的闹腾，全院子的人恐怕都睡不着觉。可我没有办法，谁让万恶的蝎子蜇了我呢！几十年后，一个堂弟对我说，那次挨了蝎子蜇后，我差不多哭了一夜，直到天将明时才睡着了。我说很丑很丑，不好意思！

　　由于对蝎子心有余悸，见炸好的蝎子端上来，我不大敢吃。朋友一再推荐，说是山里野生的蝎子，我才尝了尝。油炸蝎子挺好吃的，跟我小时候吃过的蚂蚱、蛐蛐、蚰子、爬蚱的味道是一样的。不过吃过一两只后，我就不再吃了，不能因为蝎子曾经蜇过我，我就对沦为盘中餐的蝎子大吃大嚼。

　　我大姐小时候也被蝎子蜇过，她是摸黑用葫芦开成的水瓢舀水时，被爬在瓢把儿上的蝎子蜇到的。

　　在电话里听还在老家的我大姐说，老家现在没有蝎子了，农药的普遍使用，药得蝎子已经绝种了。

2015 年 11 月 22 日于北京和平里

（小雪节气下起了大雪）

月光记

从开罗前往埃及南部城市阿斯旺,需乘坐一夜火车。是夜,我独自享用一个小小包厢。睡至半夜醒来,抬头望见车窗外的天空挂着大半块月亮。月亮是晶莹的,无声地放着清辉。我素来爱看月亮,便坐起来,对月亮久久望着。列车在运行,大地一片朦胧。而月亮凝固不动似的,一直挂在我的窗口。我观月亮,月亮像是也在观我,这种情景给我一种月亮与我两如梦的感觉。

我有些走神儿,想到了故乡的月亮,想到月光在我家院子里洒满一地的样子。清明节前,我回老家给母亲烧纸。晚上,只有我一个人在院子里坐着。一盘圆圆的月亮蓦然从树的枝丫后面转出来了,眼看着就升上了树梢。初升的月亮是那般巨大,大得有些出乎我的意料。不必仰脸往天上找,甚至不用抬头,好像月亮自己就碰在我眼上了。随着月亮渐升渐高,皎洁的月光便洒了下来。没有虫鸣,没有鸟叫,一切是那样静谧,静得仿佛能听见月光泼洒在地上的声音。地上的砖缝里生有一些蒲公英,蒲公英正在开花。因月光太明亮了,我似乎能分辨出蒲公英叶片的绿色和花朵的黄色。

我相信，我在埃及看到的月亮，就是我们家乡的那个月亮。我还愿意相信，月亮是认识我的，我到了埃及，她便跟着我到埃及来了。可是，埃及在非洲的北部，离我们家乡太远太远了啊！远得隔着千重山，万重水，简直像是到了另外一个充满神话的世界。家乡离埃及如此的遥远，月亮是怎么找到我的呢？是怎样认出我的呢？月光是不是有着普世的性质，在眷顾着地球上的每一个人呢？由此我想到普遍这个词。这个词不是什么新词，几乎是一个俗词，但我觉得用普遍修饰月光是合适的，是不俗的。试想想，就月光的普遍性而言，除了阳光和空气，还有什么能与月光作比呢！其实，对于月光的普遍性存在，我们的前人早就注意到了，并赞美过了。李白说的是："今人不见古时月，今月曾经照古人；古人今人若流水，共看明月皆如此。"苏东坡说的是："但愿人长久，千里共婵娟。"只不过，李白是从纵的方面说的，苏东坡是从横的方面说的，他们以对人类生命大悲悯的情怀，从纵横两方面把月光的普遍性和永恒性诗意化了。

月光是普遍的，也是平等的。月光对任何人都不偏不倚，你看见了月亮，月亮也看见了你，你就得到了一份月光。人类渴望平等，平等从来就是人类追求的目标。可是，由于这样那样的原因，人类从来就没有平等过。凡是有人类的地方，就同时存在着三六九等的等级差别。从权力上分，人被分为官家、平民；从财富上分，人被分为富人、穷人；从门第上分，人被分为贵族、贱民；从智力上分，人被分为聪明人、傻子；从出身上分，人被分为依靠对象、团结对象和打击对象；从职业上分，人被分为上九流和下九流；连佛家把世界分为十界的人界中，也把人分为富贵贫贱四个等级。"遍身罗绮者，不是养蚕人。""朱门酒肉臭，路有冻死骨！枯荣咫尺异，惆怅难再述。"就是等级差别的真实写照。然而，月光不分这个那个，她对万事万物一视同仁。月光从高天洒下来了，洒在山峦，洒在平原，洒在河流，洒在荒滩，也洒在每个人的脸庞。不管你住别墅，还是栖草屋；不管你一身名牌，还是衣衫褴褛；不管你是笑脸，还是泪眼，她都会静静地注视着你，耐心地倾听你的诉说。月亮的资格真是太老了，恐怕和地球的资格一样老。月亮的阅历真是太丰富了，人世间所发生的一切，她什么没看到呢！月光就是月亮的目光，正因为她看到的人间争斗和岁月更迭太多了，她的目光才那样平静，平等，平常。月亮的胸怀真是太宽广了，还有什么比月光对万事万物更具有包容性呢，还有什么比月光更善待众生呢！

  我突发奇想，哦，原来文学与月光有着同样的性质和同样的功能，或者说月光本身就是自然界中的文学啊！阳光不是文学，阳光照到月球上，经过月球的吸收，处理，再反映到地球上，就变成了文学。阳光是物质性的，月光是精神性的。阳光是生活，月光是文学。阳光和月光的关系就是现实生活与文学创作的关系。阳光是有用的，万物生长靠太阳，世界上任何物质所包含的热量和能量都是阳光给予的。月光是无用的，在没有月光的情况下，人们照样可以生存，生活。然而，且慢，月光真的连一点用途都没有吗？真的可有可无吗？当你心烦气躁的时候，静静的月光会让你平静下来。当你为爱情失意的时候，无处不在的月光会一直陪伴着你。当月缺的时候，你内心会充满希望。

当月圆的时候，会引起你对亲人的思念。当久久地仰望着月亮，你会物我两忘，有一种灵魂飞升的感觉。当你欣赏了阳刚之美，不想再欣赏一下月光的阴柔之美吗！当你想到死亡的时候，是不是会认为阴间也有遍地的月光呢！太阳为阳，月亮为阴；白天为阳，夜晚为阴；正面为阳，背面为阴；男人为阳，女人为阴；阳间为阳，阴间为阴，等等。有阳有阴才构成了世界，阴阳是世界相对依存的两极。正如这个世界少不得女人一样，月光还真的少不得呢！

同样的道理，只要人类存在着，文学就不会死亡。我愿以我的小说，送您一片月光。

2008 年 3 月 24 日于北京和平里

在雨地里穿行

那是什么？又白又亮，像落着满地的蝴蝶一样。不是蝴蝶吧？蝴蝶会飞呀，那些爬在浅浅草地上的东西怎么一动都不动呢！我走进草地，俯身细看，哦，真的不是蝴蝶，原来是一种奇特的花，它没有绿叶扶持，从地里一长出来就是花朵盈盈的样子。花瓣是蝶白色，花蕊处才有一丝丝嫩绿，真像粉蝶展开的翅膀呢！放眼望去，大片大片的花朵闪闪烁烁，又宛如夜空中满天的星子。

我们去的地方是肯尼亚马赛马拉野生动物保护区，保护区的面积大约是四百平方公里。在保护区的边缘地带，我注意到了那种大面积的野花，并引起了我的好奇。在阳光普照的时候，那种野花的亮丽自不待言。让人称奇和难以忘怀的是，在天低云暗、雨水淅沥之时，数不尽的白色花朵似乎才更加显示出其夺目的光彩。花朵的表面仿佛生有一层荧光，而荧光只有见水才能显示，雨水越泼洒，花朵的明亮度就越高。我禁不住赞叹：哎呀，真美！

北京已是进入初冬，树上的叶子几乎落光了。地处热带的肯尼亚却刚刚迎来初夏的雨季。我们出行时，都遵嘱在旅行箱里带了雨伞。

热带草原的雨水是够多的。我们驱车向草原深处进发时，一会儿就下一阵雨。有时雨下得还挺大，大雨点子打得汽车前面的挡风玻璃砰砰作响，雨刷子刷得手忙脚乱都刷不及。这么说吧，好像每一块云彩都是带雨的，只要有云彩移过来，雨跟着就下来了。

透过车窗望过去，我发现当地的黑人都不打雨伞。烟雨朦胧之中，一个身着红袍子的人从远处走过来了，乍一看像一株移动的海棠花树。待"花树"离得稍近些，我才看清了，那是一位双腿细长的赤脚男人。他没打雨伞，也没穿雨衣，就那么光着乌木雕塑一样的头颅，自由自在地在雨地里穿行，任天赐的雨水洒满他的全身。草地里有一个牧羊人，手里只拿着一根赶羊的棍子，也没带任何遮雨的东西。羊群往前走走，他也往前跟跟。羊群停下来吃草，他便在雨中静静站立着。当然，那些羊也没有打伞。天下着雨，对羊们吃草好像没造成任何影响，它们吃得专注而安详。那个牧羊人穿的也是红袍子。

我说他们穿的是袍子，其实并没有袍袖，也没有袍带，只不过是一块长方形的单子。他们把单子往身上一披，两角往脖子里一系，下面往腰间一裹，就算穿了衣服，简单得很，也易行得很。他们选择的单子，多是以红色基调为主，再配以金黄或宝蓝色的方格，都是鲜艳明亮的色彩。临行前，有人告诫我们，不要穿红色的衣服，以免引起野生动物的不安，受到野生动物的攻击。我们穿的都是暗淡的衣服。到了马赛马拉草原，我看到的情景恰恰相反，当地的土著穿的多是色彩艳丽的衣服，不知这是为什么。在我看来，在草原和灌木的深色背景衬托下，穿一件红衣服的确出色，每个人都有着万绿丛中一点红的意思。

我们乘坐的装有铁栅栏的观光车在某个站点停下,马上会有一些人跑过来,向我们推销他们的木雕工艺品。那些人有男有女,有年轻人,也有上岁数的老人。他们都在车窗外的雨地里站着,连一个打伞的人都没有。洁净的雨滴从高空洒下来,淋湿了他们茸茸的头发,淋湿了他们的衣服,他们从从容容,似乎一点儿都不介意。我想,他们大概还保留着先民的习惯,作为自然的子民,仍和雨水保持着亲密的关系,而不愿与雨水相隔离。

在辽阔的野生动物保护区,那些野生动物对雨水的感情更不用说了。成群的羚羊、大象、野牛、狮子、斑马、角马、长颈鹿,还有秃鹫、珍珠鸡、黄冠鹤等等,雨水使它们如获甘霖,如饮琼浆,无不如痴如醉,思绪绵长。你看那成百上千只美丽的黑斑瞪羚站在一起,黄白相间的尾巴摇得像花儿一样,谁说它们不是在对雨水举行感恩的仪式呢!有雨水,才会有湿地,有青草,有泉水。雨水是生命的源泉,也是一切生物生生不息的保障啊!

我们是打伞的。我们把精制的折叠雨伞从地球的中部带到了地球的南端。从车里一走下来,我们就把伞打开了,雨点儿很难落在我们身上。有一天,我们住进马赛马拉原始森林内的一座座尖顶的房子里。雨下了一夜。第二天早上,彩虹出来了,雨还在下着。我们去餐厅用早餐时,石板铺成的小径虽然离餐厅不远,但我们人人手里都举着一把伞。餐厅周围活动着不少猴子,它们在树上轻捷地攀缘,尾随着我们。我们在地上走,它们等于在树上走。据说猴子的大脑与人类最为接近，但不打伞的猴子对我们的打伞行为似有些不解，它们仿佛在问：你们拿的是什么玩意儿？你们把脸遮起来干什么？

回想起小时候，在老家农村，我也从来不打伞。那时，打伞是奢侈品，我们家不趁一把伞。夏天的午后，我们在水塘里扑腾。天忽地下起了大雨，雨下得像瓢泼一样，在塘面上激起根根水柱。光着肚子的我们一点儿都不惊慌，该潜水，还潜水；该打水仗，还继续打水仗，似乎比不下雨时玩得还快乐。在大雨如注的日子，我和小伙伴们偶尔也会采一枝大片的桐叶或莲叶顶在头上。那不是为了避雨，是觉得好玩，是一种雨中的游戏。

不知从何时开始，我打起了雨伞。一下雨，我便用伞顶的一块塑料布或尼龙布把自己和雨隔开。我们家多种花色的伞有好多把。然而，下雨的日子似乎越来越少了，雨伞好长时间都派不上用场。如果再下雨，我不准备打雨伞了，只管到雨地里走一走。不就是把头发和衣服淋湿嘛，怕什么呢！

2009 年 3 月 12 日于美国华盛顿州奥斯特维拉村

参天的古树

那是一栋独立的别墅,我住在二楼的一间卧室。卧室的窗户很宽大,窗玻璃明得有如同无。然而这样的窗户却不挂窗帘。我只需躺在床上,便把窗外的景物看到了。窗外挺立着一些参天的古树,那些古树多是杉树,也有松树、柏树和白桦等。不管哪一种树,呈现的都是未加修饰的原始状态,枝杈自由伸展,树干直插云天。一阵风吹过,树冠啸声一片。一种宝蓝色的凤头鸟和一种有着玉红肚皮的长尾鸟,在林中飞来飞去,不时发出好听的叫声。我看到的更多的是举着大尾巴的松鼠,它们在树枝间蹿上跳下,行走如飞,像鸟儿一样。松鼠是没长翅膀的鸟儿。它们啾啾叫着,欢快而活泼。它们的鸣叫也像小鸟儿。树林前面,是一片开阔的草地。和草地相连的,是蔚蓝色的海湾。海湾对面,是连绵起伏的雪山。

把目光拉回,我看到两只野鹿在窗外的灌木丛中吃嫩叶。它们一只大些,一只小些,显然是一对夫妻。我从床上下来看它们,它们也回过头来看着我。它们的眼睛清澈而美丽,毫无惊慌之意。墙根处绿茵茵的草地上突然冒出一堆蓬松的新土,那必是能干的土拨鼠所为。

雪花落下来了，像是很快便为褐色的新土堆戴上了一顶白色的草帽。

是的，那里的天气景象变化多端，异常丰富。一忽儿是云，一忽儿是雨；一阵儿是雹，一阵儿是雪；刚才还艳阳当空，转瞬间云遮雾罩。雪下来了。那里的雪花儿真大，一朵雪花儿落到地上，能摔成好多瓣。冰雹下来了。碎珍珠一样的雹子像是有着极好的弹性，它打在凉台的木地板上能弹起来，打在草地上也能弹起来，弹得飞珠溅玉一般。不一会儿，满地晶莹的雹子就积了厚厚一层。雨当然是那里的常客，或者说是万千气象的主宰。一周时间内，差不多有五天在下雨。沙沙啦啦的春雨有时一下就是一天。由于雨水充沛，空气湿润，植被的覆盖普遍而深厚。树枝上，秋千架上，绳子上，甚至连作门牌的塑料制品上，都长有翠绿的丝状青苔，让人称奇。

那个地方是美国华盛顿州西南海岸边的一个小村，小村的名字叫奥斯特维拉。我和肖亦农先生应埃斯比基金会的邀请，住在那个环境优美的地方写作。过去我一直认为，美国是一个发达国家，也是一个年轻国家，不过到处都是高楼大厦，没有什么古老的东西。这次在那里写作，我改变了一些看法，发现古老的东西在美国还是有的。美国虽然年轻，但它的树木并不年轻，美国不古老，那里生长的树木却很古老。肯定是先有了大陆、土地、野草、树木等，然后才有了美国。看到一棵棵巨大的苍松古柏，你不得不承认，美国虽然没有悠久的人文历史，却有着悠久的自然生态历史。而且，良好的自然生态就那么生生不息，一直延续了下来。这一点，看那漫山遍野的古树，就是最好的证明。

出生于本地的埃斯比先生，为之骄傲的正是家乡诗一样的自然环境。他自己写了不少赞美家乡的诗歌，还希望全世界的作家、诗人、剧作家、画家等，都能分享他们家乡的自然风光。在一个春花烂漫的上午，和煦的阳光照在草地上，埃斯比突发灵感，对他的朋友波丽说：咱们能不能成立一个基金会，邀请全世界的作家和艺术家到我们这里写作呢？埃斯比的想法得到了波丽的赞赏，于是，他们四处募集资金，一个以埃斯比命名的写作基金会就成立了。基金会是国家级的社团组织，其宗旨是为全世界各个流派的作家和艺术家提供不受打扰、专心工作的环境。基金会鼓励作家和艺术家解放自己的心灵，以勇于冒险的精神重新审视自己的写作项目，创作出高端的文学艺术作品。

基金会成立以来，在过去的九年间，已有苏格兰、澳大利亚、尼泊尔、加拿大、匈牙利等六七个国家的95位作家、艺术家到奥斯特维拉写作。他们都对那里的居住和写作环境给予很高评价，认为那里宁静的气氛、独处的空间、优美的自然风光，的确能够激发创作活力。

我由衷敬佩埃斯比创办基金会的创意。他的目光，是放眼世界的目光。他的胸怀，是装着全人类的胸怀。他的精神，是真正的国际主义的精神。有了那样的精神，他才那么给自己定位，才有了那样的创意，才舍得为文化艺术投资。他的投资不求回报，是在为全世界的文化艺术发展做贡献，在为人类的精神文明做贡献。埃斯比的举动堪称是一个壮举。

1999年，埃斯比先生逝世后，波丽继承了他的遗志，继续发展基金会的事业，不断扩大基金会的规模。基金会扩建基础设施的近期目标，是每年至少可以接待32位作家、艺术家到那里生活和写作。波丽一头银发，大约七十多岁了。她穿着红上衣，额角别着一枚蝴蝶形的花卡子，看去十分俏丽，充满活力。她对我们微笑着，很像一位慈祥的老奶奶。她在互联网上看到对我们的介绍和我们的作品，向我们深深鞠躬，让我们十分感动。

由中国作家协会推荐，经埃斯比写作基金会批准，我和肖亦农有幸成为首批赴奥斯特维拉写作的中国作家。一在树林中的别墅住下来，我就体会到了那里的宁静。我们看不到电视、报纸，也没有互联网，几乎隔断了与外界的信息联系。那里树多鸟多，人口稀少。我早上和傍晚出去跑步，只见鸟，不见人；只阅花儿，不闻声。天黑了，外面漆黑一团，只有无数只昆虫在草丛中合唱。在月圆的夜晚，我们踏着月光出去散步，像是听到如水的月光泼洒在地上的声音。写作的间隙，我平躺在客厅的沙发上，看着挂在凉棚屋檐下由道道雨丝织成的雨帘，一时不知身在何处，宁静而幽远的幸福感从心底涌起。不能辜负埃斯比写作基金会的期望，亦不能辜负那里优美的自然环境，在不到一个月的时间里，我写了一篇短篇小说，两篇散文，记了两万多字的日记，还看完了三本书。

我们刚到那里时，杏树刚冒花骨朵儿。当我们离开时，红红的杏花已开满了一树。

2009年3月26日于美国华盛顿州奥斯特维拉村

雪天送稿儿

我在河南新密煤矿当通讯员时，经常到省会郑州的《河南日报》送稿儿。我那时写的多是新闻报道，有一定的时效性。那样的稿子，若是通过邮递方式往报社寄，等编辑收到就过时了，有可能成为废纸。为避免辛辛苦苦所写的稿子成为废纸，我的办法是直接把稿子送到报社去。好在矿务局离郑州不是很远，也就是几十公里，坐上火车或汽车，一两个钟头就到了。

让我最难忘的一次送稿儿，是在1977年的大年初一。当时全国到处喊缺煤，煤炭是紧俏物资。在那种情况下，矿工连过春节都不放假，照样头顶矿灯下井挖煤。工人不放假，矿务局的机关干部当然也不能放假，须分散到局属各矿，跟工人一起过所谓革命化、战斗化春节。初一一大早，我还在睡觉，听见矿务局一位管政工的副书记在楼下大声喊我，让我跟他一块儿去王庄矿下井。副书记乘坐的吉普车没有熄火，我听见副书记的口气颇有些不耐烦。我不敢稍有怠慢，匆匆穿上衣服，跑着下楼去了。来到矿上，阴沉的天空飘起了雪花。副书记去和矿上的领导接头，慰问，我换上工作服，领了矿灯，到井下的一个掘进窝头和工人们一起干活儿。我明白,我的任务不是单纯干活,从井下出来还要写一篇稿子。为了能使稿子有些内容,我就留心观察工人们干活儿的情况,并和掘进队的带班队长谈了几句。井下无短途,等我黑头黑脸地从井下出来,洗了澡,时间已是半下午。雪还在下,井口的煤堆上已覆盖了一层薄雪,使黑色的矿山变成了白色的矿山。此时,那位副书记和小车司机已先期回家去了,把我一个人丢在了矿上。我也想回家,跟妻子、女儿一块儿过春节,可不能啊,我的主要任务还没有完成。我搭了一辆运煤的卡车,向郑州赶去。雪越下越大,师傅不敢把车开得太快。我住进《河南日报》招待所时,天已完全黑了下来,吃晚饭的时间都过了。招待所的院子里积了半尺多深的雪,新雪上连一个脚印都没有。招待所是一个方形的大院,院子四周都是平房。平日里,入住招待所的全省各地的通讯员挺多的,差不多能把所有的房间住满。可那天的招待所空旷冷清,住招待所的只有我一个人。招待所方面,只有食堂里有一位上岁数的老师傅值班。我问老师傅有什么吃的?老师傅说:今天是大年初一呀,你怎么不在家过年哩!我说矿上不放假,我还得写稿子。老师傅见我冻得有些哆嗦,问我想吃什么,他给我做。我说随便吃点什么都行。老师傅说:那我给你煮饺子吧。

　　吃了两碗热气腾腾的水饺儿,我就趴在招待所的床铺上开始写稿子。望一眼窗外纷纷扬扬的大雪,我记得我写下的第一句话是:大年初一,新密煤矿井上冰天雪地,井下热火朝天。第二天早上,我踏着一踩一个脚窝的积雪,去报社的编辑部送稿子。报社的地方挺大的,有南门还有北门。我从北门进去，向编辑部所在的那栋大楼走去。报社的大院子里不见一个人影，偶尔有个别喜鹊在雪树间飞来飞去，蹬落一些散雪。我来到报社编辑部的值班室，见报社的总编辑在那里值班。我参加过报社在洛阳召开的城市通讯员工作会议，认识总编辑，我对总编说，我写了一篇煤矿工人节日期间坚守生产岗位的稿子，问总编需要不需要？总编的回答让我欣喜，他说当然需要，报纸正等这样的稿子呢！

把稿子交给总编，我就向长途汽车站赶去，准备回家。让我没想到的是，因大雪封山，雪阻路断，开往矿区的长途汽车停运了。汽车停运了，火车总不会停吧，我又向火车站赶去。下午只有一趟开往矿区的列车，我应该能赶上。然而因为同样的原因，火车也停开了。没办法，我只好返回《河南日报》的招待所住下。在中国人很看重的春节，别人大都和家人一起团聚，过年，我那年却被大雪生生困在了郑州。我在大年初一的早上就去矿上下井，一去就是好几天无消息，我想我妻子一定很着急，很担心。可那时家里没电话，更谈不上用手机，我只能等雪停路通才能回去，才能跟妻子解释未能按时回家的原因。

在报社招待所待着也有好处，能够及时看到报纸。我初二把稿子送到报社，初三的《河南日报》就把稿子登了出来。稿子不仅发在头版，还是头条位置。

2016 年元月 5 日于北京和平里

由来已久的心愿

每个人都有自己的心愿，有的人心愿多一些，有的人心愿少一些；有人愿意把心愿说出来，有人愿意把心愿埋在心底；有的人心愿得到了实现，也有的人心愿久久不能实现，甚至一辈子都不能实现，成为终生遗憾。心愿像是对神灵悄悄许下的一种愿，许了愿是要还的。有的心愿还类似于心债，心债不还就不得安宁。

写工亡矿工家属的生活，是我由来已久的一个心愿，长篇小说《黑白男女》的出版，使我这个心愿终于实现了。

1996年5月21日，在麦黄时节，河南平顶山十矿井下发生了一起重大瓦斯爆炸事故，84名风华正茂的矿工在事故中丧生。当时我还在《中国煤炭报》当记者，事故发生的第二天，我就赶到了平顶山十矿采访。说是采访，其实我主要是看，是听，是用我的心去体会。工亡矿工的家属们都处在极度悲痛之中，我不忍心向他们提问什么。由于善后工作牵涉到的工亡矿工家属较多，若集中在一起，哀痛之声势必惊天动地，局面难以控制和收拾。矿务局统一安排，把工亡矿工及其家属分散到下属20多个单位，由各单位抽调有善后工作经验的人组成临时工作机构，采取几个工作人员包一户工亡矿工家属的办法，分头进行安抚，就善后问题进行协商。局里分给八矿五位工亡矿工。八矿的临时工作机构紧急行动起来，在刚刚落成的平顶山体育宾馆包下一些房间，连夜派车去乡下接工亡矿工家属。为了采访方便，我也在体育宾馆住下来。除了八矿，还有六矿、七矿等单位也在体育宾馆包了房间，整个宾馆几乎住满了。体育宾馆只有一层，围绕着椭圆形的大体育场而建。那几天，不管我走到哪个房间门口，都听见里面传出哀哀的哭声。那圆形的走道，仿佛使我陷入一种迷魂阵，我怎么也走不出那哀痛之地。那些工亡矿工家属当中，有年轻媳妇，有白发苍苍的老人，还有一些不谙世事的孩子。他们都是农村人模样，面目黧黑，穿着也不好。那被人架着胳膊才能走路的年轻媳妇，是工亡矿工的妻子。那蹲在门外久久不动的老人，是工亡矿工的父亲。有的工亡矿工的孩子大概一时还弄不清怎么回事，在走道里跑来跑去，对宾馆的一切露出新奇的表情。孩子们的童心无忌使人们的悲哀更加沉重。在那些日子里，我的心始终处在震荡之中，感情受到强烈冲击。我一再对自己说不要哭，可眼泪还是禁不住一次又一次涌出。回到北京后，我把所见所闻写成了一篇近两万字的纪实文学作品。我知道自己不能为家属们做什么，我只能较为具体、详尽地把事故给他们造成的痛苦记录下来，告诉人们。我想让全社会的人都知道，一个矿工的工亡所造成的痛苦是广泛的，而不是孤立的；是深刻的，而不是肤浅的；是久远的，而不是短暂的。我想改变一下分析事故算经济账的惯常做法，尝试着算一下生命账。换句话说，不算物质账了，算一下精神和心灵方面的账。

在作品中，我并没有站出来发什么议论，主要是记事实，写细节，让事实和细节本身说话。比如有这样一个细节。一位矿工遇难时，他的儿了才六岁多，刚上小学一年级。矿上的面包车来接他们家的人去宾馆，他绷着小脸，眼含泪花，硬是不上汽车。谁拉他，他使劲一挣，对抗似的走到一边站着。他别着脸，不看人，谁跟他说话他都不理。姥姥让他"听话"，他也不理。最后还是他姥姥架着他妈妈从汽车上下来，妈妈有气无力地喊他"我的乖孩子"，他才说话了，他说的是："妈，你别难过，我去叫几个同学，下井把我爸扒出来！"妈妈说："好孩子，妈妈跟你一块儿去，要死咱们一块儿死……"说着，一下抱住儿子，母子俩哭成一团。再比如，还有这样一个细节。一位工亡矿工的妻子，到宾馆两天了，一口东西都不吃。到了吃饭时间，她被别人劝着，拉着，也到餐厅去。但到了餐厅，她就低头呆坐着，不往餐桌上看。矿上安排的生活很不错，满桌子的菜，鸡鱼肉蛋全有。这样的待遇是家属们平时想都不敢想的。可生活越好，那位矿工的妻子越是不摸碗，不动筷子。她有一个十分固执的想法，一看见饭菜就想那是她男人的命，她说她吃不下自家男人的命啊！没办法，矿上的医疗组只好给她打吊针，输葡萄糖水，维持她的生命。

作品以《生命悲悯》为题在《中国煤矿文艺》1997年第1期发表后，引起了当时煤炭工业部领导的重视。一位主管安全生产的副部长给我写了一封公开信，称"作者从生命价值的角度，以对煤矿工人的深厚感情，用撼人心灵的事实，说明搞好煤矿安全生产的极端重要性和特别的紧迫性。"副部长建议："煤炭管理部门的负责同志，特别是从事安全生产管理的同志读一下这篇报告文学，从中得到启示，增强搞好安全生产的自觉性和政治责任感，为共同实现煤矿安全生产，为煤矿工人的安全与幸福，勤奋工作，多做贡献。"

作品随后在全国各地煤矿所引起的强烈反响，让我有些始料不及。一时间，几十家矿工报几乎都转载了这篇作品，广播站广播，班前会上在读，妻子在家里念给丈夫听，有的矿区还排成了文艺节目，搬到舞台上演出。我听说，每一个播音员都声音哽咽，播不下去。我还听说，在班前会上读时，不少矿工听得泪流满面，甚至失声痛哭。直到现在，有的煤矿还把《生命悲悯》作为安全生产教育的教材，发给新招收的工人人手一份，对新工人进行安全生产教育。有一次，我到陕西蒲白煤矿采访，有的矿工和家属听说我去了，就在矿上的食堂餐厅外面站成一片等着我，说我写了那么感人的文章，一定要见见我，还说要敬我一杯酒。矿工和家属有这样的反应，把我感动得不行，差点儿流了眼泪。由此我知道了，只要我们写的东西动了心，就会触动矿工的心，引起矿工兄弟的共鸣。由此我还认识到，用文艺作品为矿工服务，不是一个说辞，不是一个高调，也不是一句虚妄的话，而是一种俯下身子的行动，是一件实实在在、呕心沥血的事情，是文艺工作者的价值取向，良心之功。只要我们心里装着矿工，贴心贴肺地为矿工着想，喜矿工所喜，怒矿工所怒，哀矿工所哀，乐矿工所乐，我们的作品就会在矿工群体中收到积极的心灵性和社会性效应。

有了和读者的良性互动，有了以上的认识，我萌生了一个新的想法，能不能写一部长篇小说，来描绘工亡矿工家属的生活呢？与长篇小说相比，纪实作品因为"纪实"的严格要求，总是有一些局限性。而长篇小说可以想象，可以虚构，篇幅会长些，人物会多些，故事会更复杂些，容量会大些，情感会丰富些，思路会开阔些，传播也会广泛一些。有了这个想法，我心里一动，几乎把这个想法固定下来，接着它就成了我的一个心愿，或者说成了我的一份"野心"。可长篇小说是一个大工程，它不像写一篇纪实文学作品那么快，那么容易。也就是说，仅仅靠在纪实作品的基础上发挥想象是不够的，写一部长篇小说的时机还不够成熟，还需要继续与矿工生活保持紧密的联系，还需要继续留心观察，继续积累素材，继续积蓄感情的能量。

  有心愿和没心愿是不一样的，心愿是一种持久性的准备，也是一种内在的动力。有了写长篇小说的心愿之后，我对全国煤矿的安全状况格外关注。我国的基础能源是煤炭，在各种能源构成中，将近百分之七十来自煤炭这种化石能源。中国这架庞大的经济机器能够隆隆前行，它的动力主要来自煤炭。国家用煤多，采矿的从业人员就多，安全状况不容乐观。远的不说，进入21世纪的前些年，全国煤矿的工亡人数平均每年还多达数千人。从2004年10月20日到2005年2月14日，在不到4个月的时间里，全国煤矿就接连发生了三起重大瓦斯爆炸事故。在事故中，河南大平矿死亡148人；陕西陈家山矿死亡166人；辽宁阜新孙家湾矿死亡214人。500多条年轻宝贵的生命突然丧失，同时使多少妻子失去了丈夫，使多少父母失去了儿子，使多少子女失去了爸爸，严酷的现实，让人何其惊心，多么痛心！一种强烈的使命感鞭策着我，催我赶快行动起来，深入挖掘素材，尽快投入长篇创作。

我选择了到阜新孙家湾深入生活。我做了充分准备，打算在矿上多住些日子。到了阜新我才知道，深入生活并不那么容易，不是想深入就能深入下去的。我只到了矿务局，还没到矿上，局里管宣传的朋友知道了我的意图，就把我拦下了。他们对我很客气，好吃好喝地招待我，拉我看这风景那古迹，就是不同意我到矿上去，不给我与工亡矿工家属有任何接近的机会。他们认为矿难是负面的东西，既然负面的东西已经过去了，就不必再提了。想宣传阜新的话，就多了解一些正面的东西吧。他们甚至认为，矿难就是一块伤疤，伤疤有什么好看的呢！结果，我那次深入生活是以彻底失败告终，只得怏怏而回。

去阜新空手而归，使我对自己的心愿能否实现有些失望，也有些悲观，觉得自己的心愿恐怕难以实现了。任何心愿的实现都需要条件，都不是无条件。我的条件就是要搜集材料，而且是大量的材料。一部长篇小说所需要的材料是很多的，如果缺乏材料，那是无法想象的。

转眼十多年过去了，到了2013年，我申报了中国作家协会支持定点深入生活的项目，希望到河南大平煤矿深入生活，获得批准。当年中秋节前夕，我正准备前往大平煤矿时，收到了墨西哥孔子学院的邀请，邀我到墨西哥进行文化交流。以前我没去过墨西哥，很想到墨西哥走一走。可是，因为时间安排上的冲突，如果我答应去墨西哥，深入生活的计划就有可能落空。于是，我谢绝了墨西哥方面的邀请，坚持向近处走，不向远处走；向熟悉的地方走，不向陌生的地方走；向内走，不向外走；向深处走，不在表面走；在一个地方走，不到处乱走。去矿上之前，我在日记本上自我约法：这次深入生活，要少喝酒，少应酬，少讲话，少打手机；多采访，多听，多记，多思索；一定要定下心来，深入下去。我把这个约法叫作"四少四多一定"。自己长期以来的心愿能否实现，取决于这次深入生活的效果，所以我非常珍惜这次深入生活的机会，决心把自己放下来，姿态放低再放低，以真诚、虚心、学习劳动的态度，把深入生活做深，做细，做实。我在河南文学界和新闻界有不少朋友，有朋友约我到郑州喝酒，被我谢绝了。中秋节期间，有朋友打电话要到矿上看我，也被我谢绝了。大概是水土不服的原因，到矿上的第三天，我的肠胃出现了严重消化不良的症状，拉肚子拉得我浑身酸疼，眼冒金星，夜里呼呼地出虚汗，把被子都濡湿了。在这种情况下，我意志坚定，深入生活的决心没有丝毫动摇，坚持一边吃药，一边到矿工家中走访。中秋节那天上午，我买了礼品，登门去看望一位遇难矿工的妻子和她的儿女们。我还让她的女儿领着我，特地到山坡上她丈夫的坟前伫立默哀。定点深入生活结束时，矿上举行仪式，授予我大平煤矿"荣誉矿工"称号。

回到北京后，我利用半年时间，把深入生活得到的材料，加上以前多次采访矿难积累的素材，加以整理，糅合，消化，一一打上自己心灵的烙印。接着我就静下心来，投入一场日复一日的"马拉松"长跑。我不说赛跑，说是长跑。场地上只有我一个人，我不跟任何人赛跑，只跟我自己赛跑。从2014年6月开始，又用了半年时间，到2014年的12月25日，也就是圣诞节那天，我跑完了属于我自己的

"马拉松"全程，意犹未尽地为小说结了尾。

对了，值得回过头来提一句的是，在写长篇之前，我选取深入生活所获得的万千素材中的一点，像赛前热身一样，先写了一个短篇小说《清汤面》。小说写了工亡矿工家属的互相关爱，并写了矿工群体集体性的人性之美。《清汤面》在《人民日报》副刊发表后，收到了不错的社会效果，中宣部主办的《学习活页文选》，《求是》杂志社主办的《红旗文摘》，还有《中国煤炭报》，都转载了这篇小说。

《黑白男女》与《生命悲悯》《清汤面》，有着一些内在的联系，是一脉相承下来的。如果把《黑白男女》说成是《生命悲悯》的虚构版，或是《清汤面》的扩大版，也不是不可以。

我之所以处心积虑地要写《黑白男女》这部小说，并不是因为它能挂得上什么大道理，大逻辑，也不是因为它能承载多少历史意义，主要的动力是来自情感。小说总是要表达人类的情感，而生死离别对人的情感造成的冲击最为强烈。别说人类了，其他一些结成伴侣的动物，一旦遭遇生死离别，也会悲痛欲绝。加上矿工遇难往往是突发的，年轻化的，非命化的，他们的离去只能使活着的亲人们痛上加痛，悲上加悲。小说总是要表现人世间男男女女的恩恩怨怨，矿难的发生，使男女恩怨有着集中的、升级的体现。小说总是要关注生与死之间的关系和意义，表现生者对死亡的敬畏。矿难造成的死亡常常是大面积的，一死就是一大片。众多生命不可逆转的丧失，无数家庭命运的转折，使亲人的生变成了向死而生，对今后的生活和人生的尊严构成了严峻的考验。这些都给作者的想象提供了广阔的空间和更多的可能。

实际上，失去亲人，是每个人都必然会遇到的问题，对失去亲人后怎样都要做出自己的回答和选择。在这个意义上，我想超越行业，弘扬中华民族坚韧、顽强、吃苦、耐劳、善良、自尊、牺牲、奉献等宝贵精神。

总的来说，写这部书，在境界上我对自己的要求是：大爱，大慈，大悲悯。在写作过程中，我力争做到心灵化，诗意化，哲理化。想实现的目标是：心灵画卷，人生壮歌，生命赞礼。我对读者的许诺是，读后既可得到心灵的慰藉，又可以从中汲取不屈的力量。

至于能否达到预期的效果，还有待于包括矿工兄弟在内的读者的检验和时间的检验。

2015 年 7 月 20 日于北京和平里

写给英国的矿工兄弟

2015年12月18日,英国最后一座深层矿井关闭之际,笼罩在凯灵利矿区的是一种依依不舍的伤怀气氛。矿工们升井之后,未及洗去脸上的煤黑,身上穿着工作服,头上戴着安全帽,就开始在井口合影留念。不少矿工从井下挑选了一块原煤,要把煤块像保存宝贝一样收藏起来。他们眼含泪水,互相拥抱,说着一些告别的话。多少年的矿工生涯,对他们来说不仅是一份工作,还是一种生活方式,一种精神寄托。矿井的永久性关闭,使他们的生活面临断崖式改变,仿佛整个精神世界的大门也对他们关闭了。凯灵利煤矿有450名矿工,井下特殊的生态环境,使他们以命相托,生死与共,结下了兄弟般的深厚情谊。失去了采矿的情谊纽带,他们或将各奔东西,再也没有了一块儿喝酒的机会。他们情绪悲观,还有一个不容回避的客观原因,是担心失业之后会沦为走投无路的境地。在这种情况下,有的矿工仍不失幽默,他们把自己比喻成最后的恐龙。还有的矿工以诗意的语言宣称,世界上最后一盏矿灯行将熄灭。

我也曾是一名矿工,在媒体上看到上述这些信息,我感同身受,与英国的矿工兄弟颇有惺惺相惜之感。在想象里,我仿佛来到了凯灵利煤矿,正以一个中国老矿工的名义,安慰那些英国的矿工,并劝他们看远些,想开些,以顺应不可逆转的历史潮流,尊重人类文明发展的必然进程。

通过阅读矿工的儿子劳伦斯写的煤矿生活小说,我认识了英国的矿工。通过阅读左拉的长篇小说《萌芽》,我了解了法国的矿工。文学的功能就是这样,它能够跨越国界,超越种族,让全世界的读者都可以比较集中、详细、生动地读到某种职业从业者的生存状态、性格特点,以及他们的内心世界。"一声窑哥们儿,双泪落君前。"我得到的阅读体会是,全世界的矿工都好像是一家人,只要在幽深的矿井里摸爬过,就可以彼此认同,开怀畅饮。

我的一些写矿工生活的小说,也被翻译成了英文、法文、德文等外国文字,并在外国出版了单行本。我不知道那些国家的矿工读到过我所写的中国矿工生活的小说没有,不知道他们对中国的矿工有多少了解。但不管如何,我都愿意对全世界的矿工,特别是对英国的矿工,就矿井关闭问题谈一点我的看法。

人所共知,全世界的第一次工业革命是由英国率先发起的。工业革命的动力来自蒸汽。而蒸汽是从哪里来的呢?毫无疑问,蒸汽是通过燃煤生发、聚集起来的。没有矿工哪有煤,没有煤哪有蒸汽,没有蒸汽哪有动力呢!所以正确的顺序应该是,矿工挖出了煤,烧煤把水变成蒸汽,蒸汽推动各种机械运转,以机器代替了手工劳动,才实现了第一次工业革命。身在地层深处劳作的矿工,虽然默默无闻,但不可否认的是，他们也是第一次工业革命的功臣。关于煤炭在强国中的重要作用，曾经学过采矿专业的鲁迅先生有过这样精辟的论述："石炭者，与国家经济消长有密切之关系，而足以决盛衰生死之大问题者也。盖以汽生力之世界，无不以石炭为原动力者，失之则能令机械悉死，铁舰不神。虽曰将以电生力矣，然石炭亦能握一方霸权，操一国之生死，则吾所敢断言也，故若英若美，均假僵死植物之灵，以横绝一时。"鲁迅在《中国地质略论》里写这番话时，英国仍处在国力强大的鼎盛时期，以煤炭为主要能源的经济还在英国占有主导地位。那时英国有3000多座煤矿，年产量将近三亿吨，采矿从业人员超过120万，是全世界第一产煤大国。

随着后来以电器为标志的第二次工业革命的兴起，随着天然气、石油、核能、风能等替代能源在英国的使用，英国的煤炭产量才逐渐减少。特别是到了1952年，由于燃煤造成的空气重度污染，伦敦发生了骇人听闻的持续五天的毒雾事件，造成大批伦敦居民呼吸困难，逾4000人在事件中丧生。此次生态灾难，使英国痛定思痛，决心进一步减少对煤炭的使用。英国不仅要关闭最后一座深层矿井，还计划到2025年，关闭所有燃煤电厂。到那时，英国会彻底告别持续了300余年的煤炭经济时代，进入后煤炭经济时代。

我想对英国的矿工兄弟们说的是，对煤矿的感情可以理解，失业后所面临的困境也值得同情。但感情不能代替理智，行业观念阻挡不住世界发展的大势，青山遮不住，毕竟东流去。随着互联网时代的到来，随着全球性能源结构的调整，当前整个世界正从工业文明向生态文明转变。在此转变过程中，被称为"碳排放大鳄"的煤炭，必将成为众矢之的，被迫渐次放低身段，而后无奈转身，直至最终退出历史舞台。说实在话，我们人类对地球的索取太过贪婪，长时期对亿万年前生成的化石能源的开采，已经把地球掏得千疮百孔，使地球原本完整的肌体遭到极大破坏。地球的确该休养生息了，我们必须以感恩之心，珍惜和善待我们赖以生存的地球。地球的存在决定着我们的存在，地球的美好决定着人类家园的美好，让我们放下镐头，张开双臂拥抱地球吧！

英国的矿工兄弟也许不知道，我们中国的数百万矿工兄弟也遇到了经济转型升级、能源结构调整、煤炭产能过剩和煤炭消费让位于环境保护的问题。我这篇短文既是写给英国的矿工兄弟，更是写给国内的众多矿工兄弟的。因兼着中国煤矿作家协会的一个职务，我对全国煤炭行业的现实状况格外关注。近年来，我不断听到的都是一些不好的消息：哪哪的煤矿停产了；哪哪的矿井关闭了；哪哪的矿工已连续数月领不到工资；哪哪的大批矿工即将告别煤矿，转岗另谋生路等等。每每听到这些让人心情沉重的消息，我连想哭的心都有。毋庸置疑，新中国成立以来，特别是改革开放以来，煤矿工人为全国的经济发展做出了很大贡献，同时也付出了很大牺牲。近三十多年来，中国的经济之所以能够快速发展，并超越英、法、日、德，成为全世界第二大经济体，从能源构成的角度讲，将近百分之七十的能源是来自煤炭。如果离开煤炭这根巨大、强有力的支柱，中国经济的天顶就无以支撑。当然，煤矿工人也分享了发展的成果，生活质量大大提高。然而，由于绿色发展等新的理念成为时代的共识,由于去产能成为煤炭行业的必由之路,煤矿的经济效益和矿工的薪酬必定会受到不同程度的影响。我有不少朋友和一些亲戚在煤矿工作,他们无不为前景感到担忧。

其实在上个世纪末的两三年,全国煤矿就普遍遭遇到了一些困难,以致有的矿工家庭连日常生活都难以为继。当时我还在《中国煤炭报》当记者,曾写过一篇《目睹贫困现状》的长篇通讯,深入、细致地记述了陕西蒲白矿区几个矿工家庭的艰难处境。与此同时,煤炭行业上上下下一片哀叹之声,说煤炭工业成了夕阳工业。为了正面回应这个问题,我又写了一篇记者述评,题目是《煤炭工业是夕阳工业吗?》,刊登在煤炭报的头版头条位置。述评文章借助煤炭工业部门一些资深专家的判断,证明在未来几十年内,煤炭在中国的能源构成比例中仍将占有主导地位,说煤炭工业是夕阳工业为时尚早。果然,全国煤矿很快就迎来了连续十年的黄金期。十年内,矿山热火朝天,产量大幅攀升。矿工腰包鼓鼓,欢天喜地。然而也正是在形势一片大好的情况下,不少国有企业和私营企业不加节制地趁机扩张,才落得如今被过剩产能的包袱压得喘不过气、金子跌成黄铜价的被动局面。

夕阳无限好,只是近黄昏。时至今日,从感情上我仍不愿认同煤炭工业是夕阳工业的说法,因为中国目前的经济发展仍离不开煤炭。试想一下,如果现在断然掐断了煤炭供应,大地的繁荣将变成凋敝,人民的温暖将变得寒冷,祖国的光明将变为黑暗。可是,从理性上我们又不得不承认的事实是,煤炭的消耗量呈现的确实是逐年递减的趋势,全世界是这样,中国也是这样。在万众创新的倡导下,在科技进步日新月异的今天，中国又出现了自造、自用、自售新兴能源的苗头，或许真的有那么一天，如同国人很少再用柴火煮饭一样，再也不用烧煤了。如果那样的话，中国的矿工将彻底告别沉重的、见不到阳光的、甚至是危险的劳动，谁能说不是一件幸事呢！

话题再回到英国的煤矿，英国最后一座深层矿井的关闭，对我国的煤矿的确有着警示和借鉴的意义。在此也祝福英国的矿工兄弟，愿他们以矿工特有的不屈和开拓精神，开创更加美好的未来。

2016 年 4 月 8 日于北京小黄庄

不让母亲心疼

父亲去世那年我九岁,正读小学三年级。有一天,母亲对我说:以后在外边别跟人家闹气,人家要是欺负了你,你爹不在了,我一个妇女家,可没法儿替你出气。要是母亲随口那么一说,我或许听了就过去了,并不放在心上。那天母亲特意对我叮嘱这番话时,口气是悲伤的,眼里还闪着泪光。这样就让人觉得事情有些严肃,我一听就记住了。

从那时起,带刺的树枝我不摸,有毒的马蜂我不惹。热闹场合,人家上前,我靠后。见人打架,我更是躲得远远的。以前放学后,我喜欢和同学们到铺满麦苗的地里去摔跤,常摔得昏天黑地,扣子掉了,裤子也撕叉了。听了母亲的话,我不再去摔跤,放了学就往家里跑。有时同学拉我去摔跤,我很想去,但我没去,我忍住了。

我这样小心,还是被人打了。打我的人是我的同班同学,一个远门子叔叔。那年我已经上小学五年级,每天早上和中午要往返好几里路到镇上的小学去上学。那个同学在上学的路上打了我。我至今都想不起他打我的理由是什么,我没招他,没惹他,他凭什么要打我呢?后来我想到,他比我大两三岁,辈分又比我长,学习成绩却比我差得多。我是班里少先队的中队长,他在班里什么干部都不是。他心里不平衡,就把气撒到了我身上。我也不是那么好欺负的,我打不过他,就骂他。我越是骂他,他打我打得越厉害。他把我按倒在地,用鞋底抽我的背,以致把我的后背抽得火辣辣的疼。

我在第一时间想到母亲对我的叮嘱,这事若是让母亲知道了,不知母亲有多心疼呢!我打定主意,要把挨打的事隐瞒下来。到了学校,我做得像没受任何委屈一样,老师进课堂上课时,我照样喊着口令,让同学们起立和坐下,照常听课和写作业,没把无端挨打的事报告给老师。晚上回到家,我觉得后背比刚挨过打时还要疼。我看不见自己的后背,估计后背是紫红的,说不定有的地方还浸了血。我从小长到十几岁,母亲从来没舍得打过我一下。母亲要是看见我被别人打成这样,除了心疼,还有可能拉上我去找人家说理,那样的话,事情就闹大了。算了,所有的疼痛还是我一个人受吧。为了不让母亲看到我的后背,晚上睡觉时,直到吹灭了油灯,我才把汗褂子脱下来。第二天早上,天还不亮,我就把汗褂子穿上了。一天又一天,一年又一年,几十年过去了,直到母亲去世,我始终没把那次挨打的事对母亲说出来。

后来又发生了一件事,我却没能瞒过母亲。在放学回家的路上,一个外村的同学,拿起一块羊头大的砂姜,一下子砸在我头上。我意识到被砸,刚要追过去和他算账,那小子已经像兔子一样蹿远了。我觉得头顶有些热,取下帽子一摸,手上沾了血。坏了,我的头被砸破了,帽子没破,头破了。我赶紧蹲下身子,抓了一把干黄土,捂在伤口上。砸我的同学跟我不是一个班,我在五年级二班,他在五年级一班，他跟我的堂哥是一个班。他砸我的原因我知道，因为我堂哥揍过他，他打听到我是堂哥的堂弟，就把对堂哥的报复转嫁到我头上。背后砸黑砖，这小子太不像话！可是，我受伤流血的事万不敢让母亲知道。还是那句话，我宁可让自己头疼，也不能让母亲心疼。我把伤口捂了好一会儿，直到不再流血，我才戴上帽子回家。

有一天下雨，母亲对我说：来，我看看你头上生虱子没有？母亲让我坐在她跟前，她用双手在我浓密的头发里扒拉。说来还是怨我，好几年过去，我把头皮上受过伤的事儿忘记了。母亲刚把头发扒拉两下，还没找到虱子，却把我头顶的伤疤发现了，母亲甚是吃惊，问：这孩子，你头上啥时候落了个疤癞？我心里也是一惊，才把受过伤的事想起来了。但我说：我也不知道。我想把受过伤的事遮掩过去。母亲认为不可能，人不说话疤说话，自己受了伤，怎么会不知道呢！母亲让我说实话，什么时候受的伤？见实在瞒不过，我只好把受伤的过程对母亲讲了。母亲心疼得嘴啧啧着，问我：你跟老师说了吗？我说没有。母亲又问：你跟砸你那个同学讲理了吗？我说没有，他一见我就躲。母亲说：躲也不行，一定得问问他，为啥平白无故的砸你！我说：只砸破了一点皮儿，很快就好了。母亲说：万一发了炎，头肿起来，可怎么得了！你当时为啥不跟我说一声呢？我跟母亲讲理：你不是说不让我跟人家闹气嘛！母亲说：说是那样说，你在外边受了气，回来还是应该跟娘说一声，你这个傻孩子啊！母亲把我的头抱住了。

2010年9月7日于北京和平里

致敬契诃夫

我从事文学创作四十多年，仅短篇小说就写了三百多篇。可我不愿意听别人说我高产，一听有人说我是高产作家，我就有些不自在，甚至心生抵触。这是因为，不知从何时起，高产不再是对一个作家的夸奖，而是多多少少含有一些贬义。我不知道别人反应如何，至少我自己的感觉是这样。好像一说谁高产，就是写得快，写得粗，近乎萝卜快了不洗泥。如果深究起来，其实作品的产量和质量之间并没有必然联系，更不是反比关系，高产不一定质量就低，低产不见得质量就高。无数作家的创作实践一再表明，有人写得少，作品质量老也提不上去，有人写得多，作品的品质却一直保持着较高的水准。

闻名于世的俄罗斯短篇小说大师安东·契诃夫，就是一位既写得多又写得好的典型性代表。契诃夫十九岁开始写作，到四十四岁生命终止，在二十五年的创作生涯里，仅短篇小说就发表了一千多篇。平均算下来，契诃夫每年都要写四十多篇短篇小说。据史料记载，在1883年，他一年就发表了120篇短篇小说。到1885年，他的创作产量再创新高，一年发表了129篇小说。在我们看来，这是何等惊人的数字。

  契诃夫的写作条件并不好。他的家族处于社会底层,到他祖父那一辈,才通过自赎,摆脱了农奴身份。契诃夫之所以一上来就写那么多小说,除了他有着极高的文学天赋,异乎寻常的勤奋,很大程度上也是为生计所迫。有一段时间,契诃夫一家几口人的生活全靠他的稿费维持。如果挣不到稿费,家里就交不起房租,甚至没有饭吃。为了取回拖欠许久的三卢布稿费,他曾到杂志社向主编央求,遭到杂志主编的嘲弄。到西伯利亚深入生活没有路费,他只能跟一家报社签约,采取预支稿费的办法向报社借钱。契诃夫所学的专业是医学,他的主要职业是行医,写作是在业余时间进行的。他首先是一个好医生,在乡间常常踏着泥泞或冒着大雪出诊,为不少乡民治好了病。他以高尚的医德,高明的医术,赢得了方圆百里乡民的高度尊敬,以致他离开乡间去莫斯科时,为他送行的乡民们眼含热泪,对他依依不舍,好像他一离开,人们就会重新陷入病痛之中。其次他才是一位好作家。由于他在行医期间与底层民众广泛接触,才深切了解到民众的疾苦,得到了创作素材,写出了一篇又一篇切近现实的小说。契诃夫热心于慈善和公益事业。在他以写作成名,家庭经济状况好转之后,他又回到家乡,参与人口普查和扑灭霍乱的工作,并用发动募捐、组织义演等办法筹集资金,先后创办了三所学校和一座图书馆。契诃夫的好名声也给他带来了一些麻烦,一拨儿又一拨儿客人慕名而往,把契诃夫的家当成了客栈。契诃夫不但要管他们吃住,在他们的要求下,还要陪他们聊天。这样一来,契诃夫用于写作的时间就更少。正跟客人聊天时，他会突然走神，突然离开，到一旁在笔记本上记下一个闪念，或一个细节，再回头和客人接着聊。在写作的紧要关头，契诃夫有时为避免无端打扰，只好躲到澡堂里去写。更让人们为契诃夫感到痛心的是，他二十多岁就患上了肺病，一直在带病写作，一直在和可恶的病魔进行顽强的抗争。他有时因劳累过度、病情加重而咯血。经过治疗，病情稍有好转，他又继续投入写作。契诃夫自我评价说，他就是这样不断地榨取自己，他的写作成果是用艰巨的、苦役般的劳动所换取的。

托尔斯泰和高尔基都对契诃夫的文学创作成就给予高度赞赏。托尔斯泰称契诃夫是一位思想深沉的作家。高尔基在信里对契诃夫说："在俄国还没有一个可以比得上您的短篇小说家，今天您在俄国是一位最有价值的巨人。"托尔斯泰不但喜欢契诃夫的小说，还喜爱契诃夫的人品，他称赞契诃夫："多么可爱的人，多么完美的人！"

出于对契诃夫的景仰，2015年9月5日下午，在阵阵秋雨中，我曾到位于莫斯科郊区的梅里霍沃契诃夫故居参观访问。我在契诃夫戴着夹鼻眼镜的塑像前久久伫立，向这位伟大的作家行注目礼。

与契诃夫艰苦卓绝的一生相比，我们各方面的写作条件好得太多太多，说优越一点儿都不为过。我们衣食无忧，出行无忧，医疗有保障。我们的写作几乎是专业化的，有安静的环境，完全可以不受干扰，一心一意投入写作。既然赶上了好时候，既然有这么好的写作条件，我们为什么要偷懒呢？为什么不能写得勤奋一些呢？作品为什么不能多一些呢？为什么不能像契诃夫那样，做一个高产作家呢？

契诃夫说得好："太阳一日不能升起两次，生命也将一去不复返。"

在契诃夫的精神感召下,我再次向自己的文学想象力和艺术创造力发起挑战,从今年的大年初一开始,我马不停蹄,写了一篇又一篇,到正月三十,一个月内连续写了四篇短篇小说。

2016 年 4 月 3 日于北京小黄庄

怎不让人心疼

有些事情老也不能忘记，每每记起，似含有提醒和催促之意。提醒，是要人们把该记的事情用笔记下来；催促，是说欠着的东西不可久拖不还。我意识到了，有一件事情我必须马上以文字的形式记述下来，以缓解隐隐的心头之痛。也许在有的人看来，这件事情是小事一桩，不值得一提。我可不这么认为，不能忘怀的事情自有它深重的道理在。

时间是1981年初冬，我们的儿子出生一个多月，妻子休产假即将结束，要去上班，只得请母亲从河南老家到北京来帮我们看孩子。在开封工作的弟弟给母亲买了火车票，送母亲在郑州登车。弟弟提前到邮局给我发了电报，报明车次和到站时间，让我到北京站接母亲。岔子出在那天是个星期天，弟弟又把电报发在了我所供职的报社。等星期一我看到电报，早上八点半都过了。我叫了一声不好，顿时急出了一身汗。须知母亲乘坐的火车早上六点多就到了北京，已下车出站两个多小时。母亲以前从没有到过北京，老人家不识字，不知道我家的地址，她只能在车站等我。不难想象，母亲在车站等了一个多小时,又等了一个多小时,迟迟不见她的儿子出现,不知有多么焦急呢!我放下一切事情,马上坐公交车往车站赶。

我们报社在地坛公园附近,离火车站比较远,坐车从报社赶到车站,至少还需要半个小时。我第一次嫌车行速度太慢,第一次体会到心急如焚是什么滋味。平日里我做事比较从容,可那一次,我无论如何都管不住自己的心急。我两眼盯着汽车前方,恨不能让自己乘坐的汽车变成飞机,把所有的汽车和行人都超越过去。我恨不能自己插上翅膀,一翅子飞到车站去。

终于到了车站,我一步跳下汽车,一路向站前广场跑去。广场上人山人海,只有一个人是我母亲,母亲好像被人海淹没了,我到哪里找我的母亲呢?广场上的人流向不同方向快速流动,像是形成了巨大的漩涡,我不管往哪里走,都如同顶着逆流。我逆流而上,先来到出站口,看看母亲是否还在那里等我。我看遍了等在出站口的所有的人,没有,没有我母亲。广场不是我们村,要是在我们村,我放开喉咙,大声喊几声娘,母亲会听得到。可车站广场不适合大声喊叫,就算喊了,广场上人声嘈杂,母亲也不一定听得到。那时候要是有手机就好了,我会给母亲买一个手机,不管母亲走到哪里,我随时随地都可以跟母亲通话,及时找到母亲。可惜那时还没有手机,我只能盲目地找来找去。我相信母亲没有离开车站,一定还在车站等我接她回家。母亲不光是焦急,说不定还会恐惧。北京太大,车站里人太多,她的儿子在哪里呢?

看到了,我看到母亲了,母亲背着东西,正走在摩肩接踵的人群里。我叫了一声娘,赶快走到母亲身边,接过母亲背着的东西。母亲说,老也看不见我接她,她都想回去了。母亲不是赶一趟集,想回去不是那么容易。母亲显然是生气了,在说气话。我赶紧向母亲解释了没能及时接她的原因,说好了,咱们回家吧。母亲带的东西有些沉,我问母亲带的什么东西?母亲说,提包里是她给孙子带的新棉花和她新织的布,口袋里是新打下来的黄豆。黄豆至少有十几斤,我说母亲带的黄豆太多了,路上多沉哪!母亲说,这些黄豆是她一颗一颗挑出来的,可以生豆芽吃。

这就是说,母亲不是空着手在车站广场上走,而是背负着沉重的行李在广场上走,那么急匆匆地,来来回回走了三个多小时。母亲累坏了,我把母亲领上公交车,母亲的腿抖得站立不稳,一下子蹲坐在车门口脚踏板上方的台阶上。

这一幕留在了我的脑海里,永远留在了我的脑海里。二十多年之后,母亲离开了我们。母亲去世后,这一幕不但没有模糊,反而越来越清晰。有一回,我梦见母亲正向我走来,母亲身上背的正是棉花、棉布和黄豆。醒来后,我再也睡不着,满脑子再现的都是负重的母亲在茫茫人海中走来走去的情景。这个情景几乎成了一种象征,它象征着每位母亲都在寻找自己外出走远的儿子。在儿子未出现之前,谁都不知道她的儿子是谁。

母亲不在了,火车站还在。有一次我去北京站接客人,自然而然想起了母亲。我想到,那次母亲着急受累,其实我是没有责任的。只想到一点点，我就自责地否定了自己的想法。有些事情是不分责任的，不是用责任所能衡量。心疼是心的问题，不是责任问题。

2014年2月4日至6日（马年大年初五至初七）

于北京和平里

不写干什么呢

年过六旬之后，多次听朋友劝我，悠着点儿，别写那么多了，年纪不饶人哪！还有朋友干脆对我说，得了，差不多就得了，别再写了，身体才是最要紧的。

我能够理解朋友们的好意，不管谁劝我，我都会点头称是，并对人家表示感谢。其实，我对这些劝说并不认可，心里有自己固执的想法。可是，我不会当时当面把自己的想法说出来，更不会在这个问题上和朋友发生争执。都这个岁数了，耳顺之年都过了，还有什么话不是好话呢！我得把朋友的话接过来，轻轻拿在手里，不能让朋友的话掉在地上。到了适当的时候，在适当的场合，我采取适当的方式，把自己的想法说出来也不迟。

我觉得笔谈是一个适当的方式，请允许我以此小文，谈谈自己粗浅的想法。

活着的活，和干活儿的活，是同一个字，这挺有意思。它意味着活着和干活儿密不可分，几乎是互相依存的关系。或者说干活儿对活着是一个证明，只要你还能干活儿，还在干活儿，就证明你还活着，活得还可以。如果你不能干活儿了，恐怕离生活的终结就不远了。就算你还有一口气，生活的质量也会大大降低。人干活儿是自然的安排，也是生命的规定。好比树活着就要长叶，开花，狼活着就要奔跑，捕猎，人活着呢，就得干活儿，持续不断地干活儿。不光下井挖煤是干活儿，做饭，扫地，擦桌子，都是干活儿。活儿到处都有，就看你眼里有没有活儿。作为一个职业写作者来说，写作就是我所要干的活儿。手上有活儿干着，就有所抓挠，有所依托，心里就充实，就快乐。不干活儿呢，就无所依，无所傍，心里就发慌，好像整个人都失去了方向。真的，对我来说，写作是硬道理。不写就是没道理。或者说，我已经养成了写作的习惯，不写反而不习惯。不写干什么呢？你让我整天站在街边看人家下象棋，打扑克？我可受不了。

人有头脑，人生的意义之一在于人要思索，要独立思索，而且要勇于和善于表达自己的思索。人不是在任何情况下都能进入思索的状态，都能顺利打开思索的软件。你躺在床上，紧锁眉头，做的是思索的样子。很有可能，你的思路还没打开，人就睡着了。这表明，人的脑子有时是很懒的，惰性是很强的，它乐得成天价一片空白，才不愿意费那个脑筋呢！我个人的体会是，开动脑筋须有一个前提，这个前提就是动起手来，以动手促进动脑，拉动脑子的运转。好比写作是思索的发动机，只有坐下来开始写作，发动机才能打火，才会隆隆运转起来。我还打过比方，如果我的思索是一条河的话，稿纸就是我的船，钢笔就是我的桨，只有拿起桨开始划动，船才会前行，才会渡我从此岸到彼岸。人说我思故我在。到我这里，先是我写故我思，然后才是我思故我在。说点儿交底的话吧，我是从劳动中学会了劳动，在写作中学会了写作。一开始我并不会写小说，写一篇小说难着呢！我就是在写作的过程中，一点一点悟，一点一点积累，逐渐才把小说写得像个样子。艺无止境，学无止境。目前我的办法仍然是在写作中学习写作。只要不放弃写作，就有可能取得进步。如果终止了写作呢，恐怕连失败都没有了。

再来说说写作与身体的关系。这两者真是对立的吗？写作真的会对身体造成损耗吗？我的确听说过，有的作家朋友，一写东西就会觉得累，胃口也不好，会"为伊消得面憔悴"。我相信这是个别情况，不是普遍情况。我个人的体会是，写东西我不觉得累，不写东西我才会觉得累，心累。如果几天不写东西，我会觉得虚度了日子，会感到自己对不起自己。手上写着东西，我吃得香，睡得好，一切都很正常，气色也不错。如果不写东西呢，身体能不能保持正常，恐怕很难说。人说生命在于运动，其实写作本身是劳动，是活动，也是运动。只不过，这种运动不是四肢在运动，而是血液在运动。您想啊，写东西时需要不断向大脑供氧，靠什么供氧呢，靠血液。血液不断循环，甚至要加快循环的速度，才能把氧气源源不断地输送给大脑，方可保障我们的写作有足够的能源供应。别看我们写作的时候是坐着不动，而我们血管里众多血分子不知有多活跃呢，它们像是喊着加油，加油，一路奔跑，都在锻炼身体。它们在锻炼身体的同时，捎带着把我们的身体也锻炼了。只不过，人们锻炼身体一般炼的是外力，而我们的写作炼的是内功。从这些意义上说，我们的写作，不仅是心理上、精神上的需要，也是生理上、身体上的需要。写作和身体不但不是对立的关系，还是和谐统一的关系。您看杨绛先生，一百岁都过了，还在写东西，文章越写越精彩。岁月可以使人的肌体变老，劳动可以使心灵永葆美丽。

2015 年 1 月 6 日于北京和平里

IV 友情

梦见了铁生

我与铁生同岁,他生在年头,我生在岁尾,我都是叫他铁生兄。铁生兄走了,我还活着,这使我有机会怀念他。

中国作家协会通知我参加史铁生的作品研讨会,并让我发一个言。我说好,我一定参加,发言。当晚,我就做了一个梦,梦见了铁生。我和妻子出去遛弯儿,遇见了铁生。那个地方看上去有些陌生,像是一个会场,又像是一处废墟。我有些惊奇,不是说铁生去世了吗,铁生这不是好好的嘛!我对铁生说:1月4日,中国作协要给你开一个作品研讨会,你知道吗?铁生说知道。我问他去参加吗?他说去。这时,我妻子拿出一卷写了字的纸给铁生看。我以为妻子在练习书法,请铁生给她指点。把纸展开一看,原来是妻子写的一个告示,告诉养狗的人自觉点儿,不要让狗到处拉屎。铁生说:好,我来帮你贴。铁生把告示贴到墙上去了。梦中的细节我记得很清楚,铁生没坐轮椅,行动自如。铁生个子高大,比我高出许多。我看铁生比以前胖了,脸上红扑扑的。我对铁生说:你气色不错呀!铁生摸了一下脸,说是吗,你这么一说,倒提醒我了,我出来的时间有些长了,该回去休息了。铁生把一座塔样的楼指给我们看，说：我搬家了，就在这个楼上住，我家的号码是1906。我一看，这座楼只是一个框架，都是空的，怎么住人呢！梦做到这里，我就醒了。醒来之后，我想起铁生生前我和他的诸多交往，迟迟不能再睡。

今天来参加铁生的作品研讨会，我简单谈三点感想。

第一点感想是，有人说现在的文学生态是混乱的，没有标准，没有秩序。其实内里还是有标准有秩序的，对好的作家和好的作品，大家心里还是有数的。广大读者对铁生的喜爱，全国的作家乃至全社会对铁生的推崇，就是一个有力的证明。借用敬泽的一句话，文学这事儿还是有公平的。

第二点的感想是，铁生的作品是真正的生命写作。当我们的写作还是生产写作、生活写作和生存写作时，铁生已经有了自觉的生命意识，实现了生命写作。可以说铁生的每一篇作品都是他的生命之光，生命之舞，生命之果，都是他生命的另一种精神形式和灵魂形式。铁生生命的质量、力量和分量，决定着他作品的质量、力量和分量。铁生有着善良的天性，高贵的心灵，高尚的道德，悲悯的情怀，他的生命是高质量的生命。铁生的生命是有着强大力量的生命。我所说的力量指的是他思想的力量。他勤学，诚实，善于独立思考，对这个世界有着独到的深刻的看法，又能在哲学的意义上准确表达自己的看法。同时，铁生的生命也是有分量的生命。生命的分量来自一个人的阅历和经历，不是先天就有的，而是后天经年累月积累起来的。他奋斗过，挣扎过，痛苦过，经历了常人所不能忍受的磨难，并从个人出发，对人类的困境不断进行追问，才使自己生命的分量变得无与伦比。沈从文在评价司马迁生命的分量时有过精当的论述。他认为，司马迁的文学态度，与他一生中从各方面所受到的教育总量有关，司马迁的生命是有分量的生命。他生命的分量来自他的痛苦忧思，不是仅仅靠积学所能成就。我觉得用沈从文这段话评价史铁生也是合适的。

第三点感想是，我觉得铁生在务虚的道路上比我们当代的每一个作家走得都远。由于我们缺少务虚哲学的支持，由于我们的文学传统是现实主义和功利主义的文学传统，加上我们的每一个汉字都是一个实体，要把小说写虚是很难的。铁生早就清醒地认识到了这一点，当我们还在现实的泥淖里不能自拔时，他已经展开了务虚的翅膀，在精神和诗意的天空翱翔。铁生给自己的一部长篇小说起的名字就叫《务虚笔记》，证实着他的务虚所取得的非凡成果。我理解，他的务虚主要来自思想的深邃，情感的饱满，宗教的意识，语言的味道，还有理想之光的照耀。铁生是思想的先觉，文学的先驱，永远值得我们学习。

2012 年 1 月 7 日回忆发言整理

王安忆写作的秘诀

至少在两个笔记本的第一页，我都工工整整抄下了王安忆的同一段话，作为对自己写作生活的鞭策和激励。这段话并不长，却有着丰富的内容，且坦诚得让人心悦诚服。我看过王安忆许多创作谈，单单把这段话挑了出来。如果一个作家的写作真有什么秘诀的话，我愿把这段话视为王安忆写作的秘诀。王安忆是这么说的："写小说就是这样，一桩东西存在不存在，似乎就取决于是不是能够坐下来，拿起笔，在空白的笔记本上写下一行一行字，然后第二天，第三天，再接着上一日所写的，继续一行一行写下去，日以继日。要是有一点动摇和犹疑，一切将不复存在。现在，我终于坚持到底，使它从悬虚中显现，肯定，它存在了。"这段话是王安忆的长篇小说《遍地枭雄》后记中的一段话，我以为这也是她对自己所有写作生活的一种概括性自我描述。通过她的描述，我们知道了她是怎样抓住时间的，看到了她意志的力量，坚韧不拔的持续性，对想象和创造坚定的自信，以及使创造物实现从无到有的整个过程。她的描述形象，生动。在她的描述里，我仿佛看到了她伏案写作的身影。为了不打扰她的写作，我们最好不要从正面观察她。只看她的侧影和背影,我们就可以猜出她可能坐了一上午,知道了她的写作是多么有耐心,是多么专注。看到王安忆的描述,我不由想起自己在老家农村锄地和在煤矿井下开掘巷道的情景。每锄一块地,当望着长满禾苗和野草的大面积的土地时,我都有些发愁,锄板长不盈尺,土地一望无际,什么时候才能把一块地锄完呢?没办法,我们只能顶着烈日,挥洒着汗水,一锄挨一锄往前锄。锄了一天又一天,我们终于把一大块锄完了。在地层深处开掘巷道也是如此。煤矿的术语是把掘进的进度说成进尺,按图纸上的设计,一条巷道长达数百米,甚至逾千米,而我们每天所能完成的进尺不过两三米。其间还有可能面临水、火、瓦斯、地压和冒顶的威胁,不知要战胜多少艰难险阻。就这样,我们硬是在无路可走的地方开掘出一条条通道,在几百米深的地下建起一座座巷道纵横的不夜城。之所以联想起锄地和打巷道,我是觉得王安忆的写作和我们干活有类似的地方,都是一种劳动。只不过,王安忆进行的是脑力劳动,我们则是体力劳动。哪一种劳动都不是玩儿的,做起来都不轻松。还有,哪一种劳动都带有不同程度的强制性。我们的强制来自外部,是别人强制我们。王安忆的强制来自内部,是自觉地自己强制自己。我把王安忆的这段话说成是她写作的秘诀,后来我在她和张新颖的谈话中得到证实。王安忆说:"我写作的秘诀只有一个,就是勤奋的劳动。"她所说的秘诀并不是我所抄录的一段话,但我固执地认为它们的意思是一样的,不过前者是详细版,后者是简化版而已。很多作家否认自己有什么写作的秘诀,好像一提秘诀就有些可笑似的。王安忆不但承认自己有写作的秘诀,还把秘诀公开说了出来。在她看来,这没什么好保密的,谁愿意要,只管拿去就是了。的确,这样的秘诀够人实践一辈子的。

2006年底,中国作家协会召开第七次作代会期间,我和王安忆住在同一个饭店,她住楼下,我住楼上。我到她住的房间找她说话,告辞时,她问我晚上回不回家,要是回家的话,给她捎点稿纸来。她说现在很多人都不用手写东西了,找点稿纸挺难的。我说会上人来人往的这么乱,你难道还要写东西吗?她说给报纸写一点短稿。又说晚上没什么事,电视又没什么可看的,不写点东西干什么呢!我说正好我带来的有稿纸。我当即跑到楼上,把一本稿纸拿下来,分给她一多半。一本稿纸是一百页,一页有三百个方格,我分给她六七十页,足够她在会议期间写东西了。有人说写作所需要的条件最简单,有笔有纸就行了。笔和纸当然需要,但一个最重要的条件往往被人们忽略了,这个条件就是时间。据说任何商品的价值都是时间的价值,价值量的大小取决于生产这一商品所需的社会必要的劳动时间的多少。时间是写作生活的最大依赖,写作的过程就是时间不断积累的过程,时间的成本是每一个写作者不得不投入的最昂贵的成本。每个人的生命在某种意义上说就是一个活的容器,这个容器里盛的不是别的东西,就是一定的时间量。一个人如果任凭时间跑冒滴漏,不能有效地抓住时间,就等于抓不住自己的生命,将一事无成。王安忆深知时间的宝贵,她就是这样抓住时间的。安忆既有抓住时间的自觉性,又有抓住时间的能力。和安忆相比,我就不行。我带了稿纸到会上,也准备写点东西,结果只是做做样子,在会议期间,我一个字都没写。一下子从全国各地来了那么多作家朋友，我又要和人聊天，又要喝酒，喝了酒还要打牌，一打打到凌晨两三点，哪里还有什么时间和精力写东西！我挡不住外部生活的诱惑，还缺乏必要的定力。而王安忆认为写作是诉诸内心的，她不喜欢和人打交道，她看待内心的生活胜于外部的生活。王安忆几乎每天都在写作，一天都不停止。她写了长的写短的，写了小说写散文、杂文随笔。她不让自己的手空下来，把每天写东西当成一种训练，不写，她会觉得手硬。她在家里写，在会议期间写，更让我感到惊奇的是，她说她在乘坐飞机时照样写东西。对一般旅客来说，在飞机上那么一个悬空的地方，那么一个狭小的空间，能看看报看看书就算不错了，可王安忆在天上飞时竟然也能写东西，足见她对时间的缰绳抓得有多么紧，足见她对写作有多么的痴迷。

有人把作家的创作看得很神秘，王安忆说不，她说作家也是普通人，作家的创作没什么神秘的，就是劳动，日复一日的劳动，大量的劳动，和工人做工、农民种田是一样的道理。她认为不必过多地强调才能、灵感和别的什么，那些都是前提，即使具备了那些前提，也不一定能成为好的作家，要成为一个好的作家，必须付出大量艰苦的劳动。在我看来，安忆铺展在面前的稿纸就是一块土地，她手中的笔就是劳动的工具，每一个字都是一棵秧苗，她弯着腰，低着头，一棵接一棵把秧苗安插下去。待插到地边，她才直起腰来，整理一下头发。望着大片的秧苗，她才面露微笑，说嗬，插了这么多！或者说每一个汉字都是一粒种子，她把挑选出来的合适的种子一粒接一粒种到土里去，从春种到夏，从夏种到秋。种子发芽了，开花了，结果了。回过头一看，她不禁有些惊喜。惊喜之余，她有时也有些怀疑，这么多果实都是她种出来的吗？当仔细检阅之后，证实确实是她的劳动成果，于是她开始收获。安忆不知疲倦地注视着那些汉字，久而久之，那些汉字似乎也注视着她，与她相熟相知，并形成了交流。好比一个人长久地注视着一块石头，那块石头好像也会注视她。仅有劳动还不够，王安忆对劳动的态度也十分在意。她说有些作家，虽然也在劳动，但劳动的态度不太端正，不是好好地劳动。她举例说，有些偷懒的作家，将生活中的东西直接搬入作品，给人的感觉是连筛子都没筛过。如同一个诚实的农民在锄地时不能容忍有"猫盖屎"的行为，王安忆不能容忍马马虎虎，投机取巧，偷工减料，得过且过。她是勤勤恳恳，老老实实，一丝不苟。如果写了一个不太好的句子，她会很懊恼，一定要把句子理顺了，写好了，才罢休。

王安忆自称是一个文学劳动者，同时，她又说她是一个写作的匠人，她的劳动是匠人式的劳动。因为对作品的评论有雕琢和匠气的说法，作家们一般不愿承认自己是一个匠人，但王安忆勇于承认。她认为艺术家都是工匠，都是做活。千万不要觉得工匠有贬低的意思。类似的说法我听刘恒也说到过。刘恒说得更具体，他说他像一个木匠一样，他的写作也像木匠在干活。从劳动到匠人的劳动，这就使问题进了一步，值得我们深入探究。在我们老家，种地的人不能称为匠人，只有木匠、石匠、锔匠、画匠等有手艺的才有资格称匠。一旦称匠，我们那里的人就把匠人称为"老师儿"。"老师儿"都是"一招鲜，吃遍天"的人，他们的劳动是技术性的劳动。让一个只会种地的农民在板箱上作画，他无论如何都画不成景。请来一个画匠呢，他可以把喜鹊噪梅画得栩栩如生。王安忆也掌握了一门技术，她的技术是写作的技术，她的劳动同样是技术性的劳动。从技术层面上讲，王安忆的劳动和所有匠人的劳动是对应的。这是第一点。第二点，一个石匠要把一块石头变成一盘磨，不可能靠突击，不可能在短时间内完工。他要一手持锤，一手持凿子，一凿子接一凿子往石头上凿。凿得有些累了，他停下来吸根烟，或喝口水，再接着凿。他凿出来的节奏是匀速，叮叮叮叮，像音乐一样动听。我读王安忆的小说就是这样的感觉，她的叙述如同引领我们往一座风景秀美的山峰攀登，不急不缓，不慌不忙，不跳跃，不疲倦，不气喘，扎扎实实，一步一步往上攀。我们偶尔会停一下，绝不是不想攀了，而是舍不得眼前的秀美风光，要把风光仔细领略一下。随着各种不同的景观不断展开，我们攀登的兴趣越来越高。当我们登上一台阶，又一个台阶，终于登上她所建造的诗一样的小说山峰，我们得到了极大的精神满足。第三点，匠人的劳动是有构思的劳动，在动手之前就有了规划。比如一个木匠要把一块木头做成一架纺车，他看木头就不再是木头，而是看成了纺车，哪儿适合做翅子，哪儿适合做车轴，哪儿适合做摇把，他心中已经有了安排。他的一斧子一锯，都是奔心中的纺车而去。王安忆写每篇小说，事先也有规划。除了小说的结构，甚至连一篇小说要写多长，大致写多少个字，她几乎都心中有数。第四点，匠人的劳动是缜密的、讲究逻辑的劳动，也是理性的劳动。一把椅子或一口箱子的约定俗成，对一个木匠来说有一定的规定性，他不能胡乱来，不可违背逻辑，更不可能把椅子做成箱子，或把箱子做成椅子。在王安忆对我的一篇小说的分析里，我第一次看到了逻辑的动力的说法，第一次听说写小说还要讲究逻辑。此后，我又多次在她的文章里看到她对逻辑重要性的强调。在和张新颖的谈话里，她肯定地说："生活的逻辑是很强大严密的，你必须掌握了逻辑才可能表现生活的演进。逻辑是很重要的，做起来很辛苦，做起来真的很辛苦。为什么要这样写，而不是那样写？事情为什么这样发生，而不是那样发生？你要不断问自己为什么，这是很严格的事情，这就是小说的想象力，它必须遵守生活的纪律，按着纪律推进，推到多远就看你的想象力的能量。"

以上四点，我试图用王安忆的劳动和作品阐释一下她的观点。其实这些都不重要。重要的问题在于，工匠的劳动是不是保守的？机械的？死板的？墨守成规的？会不会影响感性的鲜活，情感的参与，灵感的爆发，无意识的发挥？一句话，工匠式的劳动是不是会拒绝神来之笔？我的看法是，一切创造都是从劳动中得来的，不劳动什么都没有。换句话说，写就是一切，只有在写的过程中，我们才会激活记忆，调动感情，启发灵感。只有在有意识的追求中，无意识的东西才会乘风而来。所谓神来之笔，都是艰苦劳动的结果，积之在平日，得之在俄顷。工匠式的劳动无非是把劳动提高了一个等级，它强调了劳动的技术性，操作性，审美性，严肃性，专业性和持恒性。这种劳动方式不但不保守，不机械，不死板，不墨守成规，恰恰是为了打破这些东西。王安忆的大量情感饱满、飞扬灵动的作品，证明着我的看法不是瞎说。

但有些事情我不能明白,安忆她凭什么那么能吃苦?如果说我能吃点苦,这比较容易理解。我生在贫苦家庭,从小缺吃少穿,三年困难时期饿成了大头细脖子。长大成人后又种过地,打过石头,挖过煤,经历了很多艰难困苦。我打下了受苦的底子,写作之苦对我来说不算什么苦。如果我为写作的事叫苦,知道我底细的人一定会骂我烧包。而安忆生在城市,长在城市,父母都是国家干部,家里连保姆都有。应该说安忆从小的生活是优裕的,她至少不愁吃,不愁穿,还有书看。就算她到安徽农村插过一段时间队,她母亲给她带的还有钱,那也算不上吃苦吧。可安忆后来表现出来的吃苦精神不能不让我佩服。1993年春天,她要到北京写作,让我帮她租一间房子。那房子不算旧,居住所需的东西却缺东少西。没有椅子,我从我的办公室给她搬去一把椅子。窗子上没有窗帘,我把办公室的窗帘取下来,给她的窗子挂上。房间里有一只暖瓶,却没有瓶塞。我和她去商店问了好几个营业员,都没有买到瓶塞。她只好另买了一只暖瓶。我和妻子给她送去了锅碗瓢盆勺,还有大米和香油,她自己买了一些方便面,她的写作生活就开始了。屋里没有电视机,写作之余,她只能看看书,或到街上买一张隔天的《新民晚报》看看。屋里没有电话,那时移动电话尚未普及,她几乎中断了与外界的联系。安忆在北京有不少作家朋友,为了减少聚会,专心写作,她没有主动和朋友联系。她像是在"自讨苦吃",或者说有意考验一下自己吃苦的能力。她说她就是想尝试一下独处的写作方式,看看这种写作方式的效果如何。她写啊写啊,有时连饭都忘了吃。中午,我偶尔给她送去一盒盒饭,她很快就把饭吃完了,吃完饭再接着写。她过的是饥一顿饱一顿的日子,我觉得她有些对不住自己。就这样,从四月中旬到六月初,在不到两个月的时间里,她写完了两部中篇小说。她之所以如此能吃苦,我还是从她的文章里找到了答案。安忆对自己的评价是一个喜欢写作的人。有评论家把她与别的作家比,她说她没有什么,她就是比别人对写作更喜欢一些。有人不是真正喜欢,也有人一开始喜欢,后来不喜欢了,而她,始终如一地喜欢。她说:"我感到我喜欢写,别的我就没觉得和他们有什么不同,就这点不同:写作是一种乐趣,我是从小就觉得写作是种乐趣,没有改变。"是不是可以这样说,写作是安忆的主要生活方式,她对写作的热爱和热情,是她的主要感情,同时,写作也是她获得幸福和快乐的主要源泉。安忆得到的快乐是想象和创造的快乐。一个世界本来不存在,经过她的想象和创造,平地起楼似的,就存在了,而且又是那么具体,那么真实,那么美好,由此她得到莫大的快乐和享受。与得到的快乐和享受相比,她受点儿苦就不算什么了。相反,受点儿苦仿佛增加了快乐的分量,使快乐有了更多的附加值。

每个人有每个人的创作习惯,安忆的习惯对她的写作并没有什么决定性的意义,我就不多说了。我只知道,她习惯在一个大的笔记本上密密麻麻地写作,在笔记本上写完了,再用方格纸抄下来,一边抄,一边润色。抄下来的稿子其实是她的第二稿。她写作不怎么熬夜,一般都是在上午写作。她觉得上午是她精力最充沛的时候,也是她才思最敏捷的时候。在整个上午,她又觉得从十一点到十二点左右这个时间段创作状态最好。她还有一个习惯,可能是她特有的,也极少为人所知。她写作时，习惯在旁边放一块小黑板，用粉笔在黑板上写下一些句子。在北京创作中篇小说《香港的情与爱》期间，我见她写下的其中一句话是"香港是个大邂逅"，这句话在黑板上保留了相当长一段时间，我不知用意何在。小黑板很难找，我问她为什么非要一个小黑板呢？她说没什么，每写一篇小说，她习惯在黑板上写几句提示性的话。习惯是不可以改变的，我只好想方设法尊重她的习惯。

王安忆这样热爱写作，那么我们假设一下，她不写会怎样？或者说不让她写了会怎样？1997年夏天，我和王安忆、刘恒我们三家一块去了一趟五台山，后来我一直想约他们两个到河南看看。王安忆没去过中岳嵩山的少林寺，也没看过洛阳的龙门石窟，她很想去看看。2008年9月中旬，我终于跟河南有关方面说好了，由他们负责接待我们。我给王安忆打电话时，她没在家，是她的先生李章接的电话。我说了请他们一块儿去河南，李章说："安忆刚从外地回来，她该写东西了。"李章又说："安忆跟你一样，不写东西不行。"我？我不写东西不行吗？我可比不上王安忆，我玩心大，人家一叫我外出采风，那个地方我又没去过，我就跟人家走了。我对李章说，我跟刘恒已经约好了，让李章好好跟安忆说说，还是一块儿去吧。我说我对安忆有承诺，如果她去不成河南，我的承诺就不能实现。李章说，等安忆一回来，他就跟她说。第二天我给安忆打电话，她到底还是放弃了河南之行。安忆是有主意的人，她一旦打定了主意，任何劝说都是无用的。为了写作，王安忆放弃了很多活动。不但在众多采风活动中看不到她的身影，就连她得了一些文学奖，她都不去参加颁奖会。2001年12月，王安忆刚当选上海市作家协会主席时,她一时有些惶恐,甚至觉得当作协主席是一步险棋。她担心这一职务会占用她的时间,分散她的精力,影响她的写作。她确实看到了,一些同辈的作家当上这主席那主席后,作品数量大大减少,她认为这是一个教训。在发表就职演说时,她说她还要坚持写作,因为写作是她的第一生活,也是她比较能胜任的工作,假若没有写作,她这个人便没什么值得一提的了。当上作协主席的第一年,她抓时间抓得特别紧,写东西也比往年多,几乎有些拼命的意思。当成果证明当主席并没有耽误写作时,她似乎才松了一口气。我估计,王安忆每天给自己规定的有一定的写作任务,完成了任务,她就心情愉悦,看天天高,看云云淡,吃饭饭香,睡觉觉美。就觉得自己对得起自己,自己对自己有了交代,看电视就能够定下心来,看得进去。要是完不成任务呢,她会觉得很难受,诸事无心,自己就跟自己过不去。作为一个承担着一定社会义务的作家,王安忆有时难免会遇到这样的情况,她本打算坐下来写作,却被别的事情干扰了,这时她的心情会很糟糕,好像整个人生都虚度了一样。人说发展是硬道理,对王安忆来说,写作才是硬道理,不写作就没有道理。在我所看到的有限的对古今中外的作家介绍里,就对写作的热爱程度而言,王安忆有点像托尔斯泰。托尔斯泰把写作看成正常的状态,不写作就是非正常状态,就是平庸的状态。托尔斯泰在一则日记里提到,因为生病,他一星期没能写作。他骂自己无聊,懒惰,说一个精神高贵的人不容许自己这么长时间处于平庸状态。和我们中国的作家相比,就思想劳作的勤奋和强度而言,王安忆有点像鲁迅。鲁迅先生长期在上海写作，王安忆在上海写作的时间比鲁迅还要长，而且王安忆的写作还将继续下去。王安忆跟我说过，中国的作家，鲁迅的作品是最好的，她最爱读鲁迅。王安忆继承了鲁迅的刻苦，耐劳，也继承了鲁迅的思想精神。王安忆通过自己的思想劳作，不断发出与众不同的清醒的声音。写作是王安忆的第一需要，也是她生命的根基，如果不让她写作，那是不可想象的，所以我们还是不要做这样的假设为好。

  写作是王安忆的精神运动，也是身体运动；是心理需要，也是生理需要。她说写作对人的身体有好处，经常写作就身体健康，血流通畅，神清气爽，连气色都好了。她说你看，经常写作的人很少患老年痴呆症的，而且多数比较长寿。否则的话，就心情焦躁，精神委顿，对身体不利。我不止一次听她说过，写作这个东西对体力也有要求，体力不好写作很难持久。她以苏童和迟子建为例，说他们之所以写得多，写得好，其中一个原因是他们的身体比较壮实，好像食量也比较大，精力旺盛，元气充沛。我很赞同安忆的说法，并且与她有着相同的体会。我想不论是精神运动，还是身体运动，其实都是血液的运动。写作时大脑需要氧气，而源源不断供给大脑氧气的就是血液。大脑需要的氧气多，运载氧气的血液就得多拉快跑，保证供应。血流加快了，等于促进了人体内的血液循环，对人的健康当然有好处。拿我自己来说，如果一时找不到好的写作入口，一时进入不到写作的状态，我就头昏脑涨，光想睡觉。一旦找到写作的题目，并进入了写作的状态，我的精神头就提起来了，心情马上就好了，看什么都觉得可爱。我跟我妻子说笑话："刘庆邦真是个苦命的人哪！"我妻子说："你要是觉得苦,你就别写了。"我说:"那可不行!"

朋友们可能注意到了,我翻来覆去说的都是安忆的写作,写作,没有涉及她的作品,没有具体评论她的任何一篇小说。我的理论水平比较低,没有评论她作品的能力,这点儿自知之明我还是有的。一个高人评论一个低人的小说,一不小心就把低人的小说评高了。而一个低人评论一个高人的小说呢,哪怕费尽九牛二虎之力,所评仍然达不到高人的小说水平应有的高度。王安忆的小说都是心灵化的,她的小说故事都发生在心理的时间内,似乎已经脱离了尘世的时间。她在心灵深处走得又那么远,很少有人能跟得上她的步伐。别说是我了,连一些评论家都很少评论她的小说。在文坛,大家公认王安忆的小说越写越好,王安忆现在是真正的孤独,真正的曲高和寡。有一次朋友们聚会喝酒,莫言、刘震云、王朔纷纷跟王安忆开玩笑。王朔说:"安忆,我们就不明白,你的小说为什么一直写得那么好呢?你把大家甩得太远了,连个比翼齐飞的都没有,你不觉得孤单吗!"王安忆有些不好意思,她说不不不。不知怎么又说到冰心,说冰心在文坛有不少干儿子。震云对王安忆说:"安忆,等你成了安忆老人的时候,你的干儿子比冰心还要多。"我看王安忆更不好意思了,她笑着说:"你们不要乱说,不要跟我开玩笑。"

写王安忆需要勇气。梦玮约我写王安忆,我说王安忆不好写,你别着急,容我好好想想。梦玮是春天向我约稿。直到秋天我才写出来。我一直对王安忆满怀敬意,我写得小心翼翼,希望每一句话都不致失礼。1993年,林建法也约我写过王安忆,我对王安忆说,我怕我写不好。王安忆说："没事的，你写好了。"又说："每个人写别人，其实就是写自己。"我想了想，才理解了安忆的话意。一个人对别人理解多少，就只能写多少，不可能超出自己的理解水平。如果有些地方写得还可以，说明我对安忆理解了。如果写得不好，说明我理解得还不够，接着理解就是了。

2009 年 9 月 3 日至 9 月 11 日于北京和平里

追求完美的刘恒

2009年,刘恒被评为全国第四届专业技术杰出人才。中国的作家很多,可据我所知,获得这种荣誉称号的,刘恒是作家中的第一位。北京市人才荟萃,而在这一届全国杰出人才评选中,刘恒是北京市唯一的一位当选者。《人民日报》在简要介绍刘恒的事迹时,有这么两句话:"刘恒长期保持了既扎实又丰产的创作态势,是中国当代作家中一位不可多得的、德才兼备的领军人物。"

我和刘恒是三十多年的朋友,自以为对他还算比较了解。既了解他的作品,也了解他的人品。我俩相识于二十世纪八十年代初期。一开始,他是《北京文学》的编辑,我是他的作者。经他的手,给我发了好几篇小说。被林斤澜说成"走上知名站台"的短篇小说《走窑汉》,就是刘恒为我编发的。后来我们越走越近,竟然从不同方向走到了一起,都成了北京作家协会的驻会专业作家。如此一来,我们交往的机会就更多一些。刘恒写了小说写电影,写了电影写电视剧,写了电视剧又写话剧和歌剧,每样创作一出手,都取得了非凡的成绩。刘恒天才般的文才有目共睹。当由刘恒编剧的电影《集结号》红遍大江南北，我们在酒桌上向他表示祝贺时，刘恒乐了，跟我们说笑话："别忘了我们老刘家的刘字是怎么写的，刘就是文刀呀！"我把笑话接下去，说没错儿，刘恒也是"文帝"啊！

我暂时按下刘恒的文才不表，倒想先说说他的口才。作家靠的是用笔说话，他的口才有什么值得说的呢？不不，正因为作家习惯了用笔说话，习惯了自己跟自己对话，口头表达能力像是有所退化，一些作家的口才实在不敢让人恭维。在这种情况下，刘恒充满魅力的口才方显得格外难能可贵。他不是故意出语惊人，但他每次讲话都能收到惊人的效果。我自己口才不好，未曾开口头先大，反正我对刘恒游刃有余的口才是由衷地佩服。2003年9月，刘恒当选北京作家协会的主席后，在作代会的闭幕式上讲了一番话，算是就职演说的意思吧。刘恒那次讲话，把好多人都听傻了。须知作家都是自视颇高的人，一般来说不爱听别人讲话。可是我注意到，刘恒的那番话确实把大家给震了，震得大家的耳朵仿佛都支棱起来。会后有好几个人对我说，刘恒太会讲话了，刘恒不鸣则已，一鸣惊人啊！他们说，以前光知道刘恒写文章厉害，没想到这哥们儿讲起话来也这么厉害。此后不几天，市委原来管文化宣传工作的一位副书记跟作协主席团的成员座谈。副书记拿出一个纸皮的笔记本，在那里翻。我们以为副书记要给我们做指示，便做出洗耳恭听的准备。副书记一字一句开念，我们一听就乐了，原来副书记念的正是刘恒在闭幕式上讲的那番话。副书记说，刘恒已经讲得很好，很到位，他不必多说什么了，把刘恒的话重复一遍就行了。散会后我们对刘恒说：你看，人家领导都把你的语录抄在笔记本上了。要是换了别人，真不知道该怎样回答。你听听刘恒是怎么说的，刘恒笑着说："没关系，版权还属于我。"

北京作家协会的七八个专业作家和二十来个签约作家，每年年底都要聚到一起，开一个总结会，报报当年的收成，谈谈来年的打算，并互相交流一下创作体会。因为这个总结会坦诚相见，无拘无束，简朴有效，不同于一般意义上的总结会，作家们对这个总结会都很期待。我甚至听说，一些年轻作家之所以向往与北京作协签约，很大程度上是因为口口相传的年终总结会对他们具有吸引力。这个总结会之所以有吸引力，窃以为，一个主要原因，是刘恒每年都参加总结会，而且每次都有精彩发言。在我的印象里，刘恒发言从来不写稿子。别人发言时，他拉过一张纸，断断续续在纸上写一点字，那些字就是他准备发言的提纲，或者说是几条提示性的符号。轮到他发言了，他并不看提纲，也不怎么看别人，他的目光仿佛是内视的，只看着自己的内心。在这种总结会上，刘恒从不以作协主席的身份发言，他只以一个普通作家的身份，平等而真诚地与同行交心。这些年，刘恒每年取得的成绩都很可喜。但他从来没有自喜过，传达给人的都是不满足和紧迫感。我回忆了一下，尽管刘恒每年的发言各有侧重，但有一个意思是不变的，那就是他每年都说到个体生命时间储备的有限，生命资源的有限，还是抓紧时间，各自干自己喜欢的事情为好。刘恒发言的节奏不急不缓，徐徐而谈。刘恒的音质也很好，是那种浑厚的男中音，透着发自肺腑的磁力。当然，他的口才不是演讲式的口才，支持口才的是内在的力量，不是外在的力量。一切源于他的自信、睿智、远见、幽默和深邃的思想。

北京作协2007年度的总结会是在北京郊区怀柔宽沟开的。在那次总结会上，刘恒所说的两句话给我留下了深刻印象。我认为这两句话代表着他对艺术孜孜不倦的追求，代表着他的文学艺术观，也是理解他所有作品的一把钥匙。他说："我每做一个东西，下意识地在追求完美。"我听了心有所动，当即插话说："我们在有意识地追求完美，都追求不到，你下意识地追求完美，却追求到了，这就是差距啊！"刘恒的意思我明白，我们的创作必须有大量艰苦的劳动，才会有灵感的爆发。必须先有长期有意识的追求，才会有下意识的参与。也就是说，对完美的追求意识已融入刘恒的血液里，并深入到他的骨子里，每创作一件作品，他不知不觉间都要往完美里做。对完美的要求已成为他的潜意识，成为一种近乎本能的反应。那么我就想沿着这个思路，看看刘恒是如何追求完美的。

追求完美意味着付出，追求完美的过程是不断付出的过程。刘恒曾经说过："你的敌人是文学，这很可能不符合事实，但是你必须确立与它决一死战的意志。你孤军奋战。你的脚下有许许多多尸首。不论你愿意不愿意，你将加入这个悲惨的行列。在此之前，你必须证实自己的懦弱和无能是有限的，除非死亡阻挡了你。为此，请你冲锋吧。"刘恒在写东西时，习惯找一个地方，把自己封闭起来。为了排除电视对他的干扰，他连带着堵上电视的嘴巴，把电视也"囚禁"起来。他写中篇小说《贫嘴张大民的幸福生活》时，是1997年的盛夏。那些天天气极热，每天的气温都在三十六七度。他借的房子在六层楼上，是顶层。风扇不断地吹着,他仍大汗淋漓。他每天从早上八点一直写到中午一两点。饿了,他泡一袋方便面,或煮一袋速冻饺子,再接着写。屋里太热,他就脱光了,把席子铺在水泥地上写。坐在席子上吃饭的时候,他觉得自己太苦了,这是人干的事情吗?何苦呢!可又一想,农民在地里锄庄稼不也是这样吗!他就有了锄庄稼锄累了,坐在地头吃饭的感觉,心里便高兴起来。让刘恒高兴的事还在后头,《贫嘴张大民的幸福生活》一经发表,便赢得了满堂喝彩。随后,这部小说又被改成了电影和电视剧。特别由刘恒亲自操刀改编的电视剧播出之后,那段时间,人们争相言说张大民。这些年,每年出版的文学作品和拍摄的电视剧不少,但真正立起来的艺术人物却很少。可张大民以独特的艺术形象真正站立起来了。在全国范围内,或许有人不知道刘恒是谁,但一提张大民,恐怕不知道的人很少。

2009 年,刘恒为北京人艺写了一部话剧《窝头会馆》。在此之前,刘恒从未写过话剧,他知道写一部好的话剧有多难。但刘恒知难而进,他就是要向自己发起挑战。在前期,刘恒看了很多资料,做了大量准备工作。在剧本创作期间,他所付出的心血更不用说。他既然选择了追求完美,就得准备着承受常人所不能承受的压力和心理上的折磨。话剧公演之后,刘恒不知观众反应如何,有些紧张。何止有些紧张,是非常紧张。须知北京人艺代表着中国话剧艺术的最高品第,《雷雨》《茶馆》等久演不衰的经典剧目都是从人艺出来的。大约是《窝头会馆》首演的第二天,我和刘恒在一块儿喝酒。我记得很清楚,我们那天喝的是茅台。我还专门给刘恒带了当天的一张报纸,因为那期报纸上有关于《窝头会馆》的长篇报道。我问刘恒看到报道没有。他说没有，报纸上的报道他都没有看，不敢看。我问为什么。他说很紧张。他向我提到外国的一个剧作家，说那个剧作家因为一个作品失败，导致自杀。刘恒说他以前对那个剧作家的自杀不是很理解，现在才理解了。当一部剧作公演时，剧作家面临的压力确实很大。当时刘恒的夫人张裕民在加拿大多伦多大学儿子那里，还是张裕民通过互联网，把观众的反应和媒体的评论搜集了一些，传给刘恒，刘恒才看了。看到观众的反应很热烈，媒体的评价也颇高，刘恒的心情才放松了，才踏实下来。在《窝头会馆》首轮演出期间，刘恒把自己放在观众的位置，从不同角度和不同距离前后看了七场。演员每次谢幕时，情绪激动的观众都一次又一次热烈鼓掌。刘恒没有参加谢幕，观众鼓掌，他也不由自主地跟着鼓掌。我想我的老弟刘恒，此时的眼里应会有泪花儿吧！所谓人生的幸福，不过如此吧。

任何文学艺术作品，其主要的功能，都是为了表达和传递感情，情感之美是美的核心。刘恒要在作品中追求完美，他必须找到自己，找到自己和现实世界的情感联系，找到自己的情感积累，并找到自己的审美诉求。我敢肯定地说，刘恒的每部作品里所蕴含的丰富情感，都寄托着他对某人某事深切的怀想，投射着自己感情经历的影子。

刘恒创作《张思德》的电影剧本时，我曾替刘恒发愁，也替刘恒担心，要把一点有限的人物历史资料编成一部几万字的电影剧本，谈何容易！事实表明，我的担心是多余的。《张思德》的故事情感饱满，人物形象的塑造堪称完美。影片一经放映，不知感动得多少人流下了眼泪。把《张思德》写得这样好，刘恒的情感动力和情感资源何在？刘恒给出的答案是："我写王进喜、张思德，我就比着我父亲写，用不着找别人。张思德跟我父亲极其相似。"我不止一次听刘恒说过，在写张思德时，他心里一直想的是他去世的父亲。通过写张思德，等于把对父亲的怀念之情找到了一个表达的出口，同时也是在内心深处为父亲树碑立传。刘恒在灵境胡同住时，我去刘恒家曾见过他父亲。那天他父亲拿着一把大扫帚，正在扫院子外面的地。刘恒的父亲个头儿不高，光头，一看就是一个淳朴和善的老头儿。刘恒说他父亲是个非常利人的人，人品极好，在人格上很有力量。他父亲退休后也不闲着，七十多岁了还义务帮人理发。在他们那个大杂院儿里，几乎所有男人的头发都是他父亲理的，包括老人和孩子。谁家的房子漏了，大热天，他父亲顶着太阳，爬到房顶给人家刷沥青。在帮助别人的时候，他父亲感到很高兴。水有源，木有本。不难判断，刘恒不仅在创作上得到了父亲的情感滋养，在为人处事上也从父亲那里汲取了人格的力量。

看《窝头会馆》，看得我几次眼湿。我对妻子说，刘恒把他对儿子的感情倾注在"窝头"里了。我还对妻子吹牛："这一点别人不一定看得出来，但我能看得出来。"刘恒的儿子远在加拿大求学，儿子那么优秀，长得又是那么帅，刘恒深爱着儿子，却一年难得见儿子一次，那种牵心牵肝的挂念可说是没日没夜。在这种情况下，让刘恒写一个话剧，他难免要在剧里设计一个儿子，同时设计一个父亲，让儿子对父亲的行为提出质疑，让父子之间发生冲突。冲突发展到释疑的时刻，儿子和父亲都散发出灿烂的人性光辉。有人评论，说《窝头会馆》缺乏一条贯穿到底的主线。我说不对，剧中苑大头和儿子的冲突就是贯穿始终的主线，就是全剧的焦点。我对刘恒说出了我的看法，刘恒微笑着认同我的看法。刘恒在接受记者采访时承认："写苑大头和儿子的关系，那不就是我跟儿子的关系么！"

刘恒追求完美，并不因为这个世界有多么完美。恰恰相反，正因为这个世界是残缺的，不完美的，刘恒才有了创造完美世界的理想。而要创造完美世界，是很难的。这是因为我们每一个创作者都有局限性。我的胳膊有限，腿有限；经历有限，眼界有限；世俗生活有限，精神生活也有限。最大的局限是，我们的生命有限，我们每个人都只有一生啊！我早就听刘恒说过一个作家的局限性。他认为，我们得认识到这种局限性，承认这种局限性，而后在局限性里追求完美，追求一种残缺的完美。正因为有限，我们才有突破有限的欲望。正因为残缺，我们对完美的追求才永无止境。

刘恒写过一部中篇小说叫《虚证》，因为这部小说没有拍成电影，也没有改编成电视剧，它的影响是有限的。但文学界对这部小说的评价很高。刘恒也说过："一向不满意自己的作品，《虚证》是个例外，它体现了我真正的兴趣。"可以说这部小说是刘恒极力突破局限、奋力追求完美的一个例证。刘恒的一个朋友，在身上坠上石头，跳进北京郊区一个水库里自杀了。在自杀之前，他发了几封信，为自己的行为辩解，说他自己是对的。可巧这个人我也认识，我在《中国煤炭报》副刊部当编辑时，曾编发过这个人的散文。应该说这个人是个有才华的人。自杀时,他才三十多岁,已是某国营大矿的党委副书记,前程也很好。他的自杀实在让人深感惋惜。他的命赴黄泉让刘恒受到震动,刘恒想追寻一下他的生命历程和心理历程。刘恒想知道,这个人到底走进了什么样的困境,遭遇了多么大的痛苦,以至于非死不能解脱自己。斯人已去,实证是不可能的。刘恒只能展开想象的翅膀,用虚证的办法自圆其说。刘恒这个小说的题目起得好,其实小说工作的本质就是务虚,就是虚证。刘恒将心比心,把远去的人拉回来,为其重构了一个世界。这个人从物质世界消逝了,刘恒却让他在精神世界获得新生。更重要的是,刘恒以现实的蛛丝马迹为线索,为材料,投入自己的心血,建起了一个属于自己的心灵世界。这个世界是心灵化的,也是艺术化的。它介入了现实世界,又超越了现实世界。它突破了物界的局限,在向更宽更广的心界拓展。刘恒之所以对这部小说比较满意,大概是觉得自己在突破局限方面做得比较成功吧。

对于完美,刘恒有自己的理解和标准。不管做什么作品,他给自己标定的目标都是高标准。为了达到自己标定的标准,他真正做到了扎扎实实,一丝不苟。一丝不苟不是一个陌生化的词,人们一听也许就滑过去了。但在形容刘恒对审美标准的坚持时,我绕不过一丝不苟这个词。如果这个词还不尽意,你说刘恒对完美标准的坚持近乎苛刻也可以。由刘恒担纲编剧的电影《集结号》,是中国近年来不可多得的一部好电影。在残酷战争中幸存下来的连长谷子地,一直在找团长,问他有没有吹集结号。他的问最终也没什么结果。谷子地无疑是一个悲剧性的人物,他的牺牲精神和浓重的悲剧感的确让人震撼。刘恒提供的剧本，直到剧终谷子地也没有死。可导演在拍这个电影时，却准备把谷子地拍死。刘恒一听说要把谷子地拍死就急了，他找到导演，坚决反对把谷子地拍死。一般来说，编剧把剧本写完，任务就算完成了，剩下的事都由导演干，导演愿意怎么拍，就怎么拍，编剧不再参与什么意见。可刘恒不，刘恒作为中国电影界首屈一指的大编剧，他有资格对导演说出自己的意见，并坚持自己的意见。加上刘恒在电影学院专门学过导演，还有执导电视剧的实践经验，他的意见当然不可等闲视之。通过对这个具体作品、具体细节的具体意见，我们就可以具体地看出刘恒所要达到的完美标准。这个标准的背后有着丰富的内容。除了在目前政治背景下对一部电影社会效果的总体把握，除了对传统文化心理和受众心理的换位思考，还有对电影艺术度的考虑。所谓度，就是分寸感。任何艺术门类都讲究分寸感，一旦失了分寸，出来的东西就不是完美的艺术。刘恒说："悲剧感的分寸，跟人生经验有直接关系。有时候我们经常看到一种情况就是，人物已经非常悲恸了，但我们的观众没有悲恸感。因为所谓的悲剧效果是他自己造成的。"在日常生活中，刘恒是一个很随和的人。朋友们聚会，点什么菜，喝什么酒，他都微笑着，说随便，什么都行。可在艺术上遇到与他完美艺术追求相悖的地方，他就不那么随和了，或者说他的倔劲就上来了，简直有些寸步不让的意思。不知他跟导演说了什么样的狠话，反正连导演也不得不服从他的意志，给谷子地留了一条生路。从电影最后的效果看，刘恒的意见是对的，他的"固执己见"对整部电影具有拯救般的意义。倘是把谷子地拍死，这个电影非砸锅不可。

刘恒在创作上相当自信。他所取得的一连串非凡的创作业绩支持着他的自信。有自信，他才不为时尚和潮流所动，保持着自己对完美艺术标准的坚守。同时，他对自己的创作也有质疑，也有否定。通过质疑和否认，他不断创新，向更加完美的艺术境界迈进。刘恒的长篇小说《苍河白日梦》是部好小说。在写这部长篇时，他把自己投进去，倾注了太多的感情。以致在写作过程中，他竟然好几次攥着笔大哭不止。他的哭把他的妻子张裕民吓坏了，也心疼坏了，张裕民说："咱不写了还不行吗，咱不写了还不行吗！"这样劝刘恒时，张裕民的眼里也满含热泪。但不写是不行的，刘恒哭一哭，也许心里就好受些。哭过了，刘恒擦干眼泪，继续做他的"白日梦"。回想起来，我自己也有过几次号啕大哭的经历，但都不是在写作过程中发生的。我写到动情处，鼻子一酸，眼睛一湿，就过去了。像刘恒这样在写一部小说时几次大哭，在古今中外的作家中都很少听说。

可后来刘恒跟我说，他对这部小说质疑得很厉害。依我看，这部小说的质量不容置疑，他所质疑的主要是自己的写作态度。他认为自己掉进悲观的井里了，"一味愤世愤世，所愤之世毫毛未损，自己的身心倒给愤得一败涂地。况且只是写小说，又不是跟谁拼命，也不是谁跟你拼命，把自己逼成这个样子实在不能不承认是太不聪明了。"于是刘恒要求变，要把自己从悲观的井里捞出来，从愤世到企图救世，也是救自己，救自己的小说。《贫嘴张大民的幸福生活》，是刘恒求变的作品之一。到这部作品，他"终于笑出了声音，继而前所未有地大笑起来了"。有人曲解了刘恒这部小说的真正含义，或许是故意曲解的。

刘恒一点都不生气。谁说曲解不是真正含义的延续呢，这只能给刘恒增添更多笑的理由。我也不替刘恒辩解，愿意跟他一块儿笑。我对刘恒说："你夫人叫张裕民，你弄一个人叫张大民，什么意思嘛！"刘恒笑得很开心，说这是他的疏忽，当时没想那么多。张裕民也乐了，说："对呀，你干吗不写成刘大民呢，以后你小说中的人物不许姓张。"

刘恒对完美艺术的追求，还体现在他对多种艺术门类创作的尝试上。前面我说到他写了话剧《窝头会馆》，2009年，他还写了歌剧《山村女教师》。刘恒真是一个多面手，什么样的活儿他都敢露一手。2008年秋天，我们应朋友之约，到河南看了几个地方。去河南之前，刘恒说他刚从山西回来。我问他到山西干什么去了，他说到贫困山区的学校访问了几个老师。他没怎么跟我说老师的情况，说的是下面一些买官卖官的现状。刘恒的心情是沉重的，觉得腐败的现象太严重了。我以为刘恒得到素材，准备写小说。后来才知道，那时他已接下了创作歌剧的活儿，在为写歌剧做准备。刘恒很谦虚，他说他不知道歌剧需要什么样的词，只不过写了一千多句顺口溜而已。《山村女教师》在国家大剧院一经上演，如潮的好评便一波接一波涌来。很遗憾，这个剧我还没捞到看。我的好几个文学界的朋友看了，他们都说好，说很高雅，很激动人心，是难得的艺术享受。

在北京作协2009年度的总结会上，刘恒谈到了《山村女教师》。他说他的文字借用了音乐的力量，在音乐的支持下才飞翔起来。歌声在飞翔，剧情在飞翔，听歌剧的他仿佛也有了一种飞翔的感觉。他看到音乐指挥张开着两个膀子，挥动着指挥棒，简直就像一只领飞的凤凰，在带领听众向伟大的精神接近。那一刻，刘恒体会到，艺术享受是人类最高级的享受，也是人类最幸福的时刻。他说："我们都是凡人，从事了艺术创作，才使我们的心灵有了接近伟大的可能。"

这一切都源于一个根本，源于刘恒对完美人格的追求，源于刘恒无可挑剔的高尚人品。作家队伍是一个不小的群体，这个群体里什么样的人都有，有毛病的人也随手可指。但是，要让我说刘恒有什么缺点，我真的说不出。不光是我，在我所认识的人当中，有文学圈子中人，也有文学圈子以外的人，提起刘恒，无不承认刘恒是一个好人，是一个奉行完美主义的人。俗话说金无足赤，人无完人。在刘恒这里，这句俗话恐怕就要改一改，金可以无足赤，完人还是可以有的。我这样说，一贯低调的刘恒也许不爱听。反正我不是当着他的面说，他也没办法。刘恒有了儿子后，曾写过一篇怎样做父亲的文章，文章最后说："看到世上那些百无聊赖的人；那些以损人利己为乐的人；那些为蝇头小利而卖身求荣、而拍马屁、而落井下石、而口是心非、而断了脊梁骨的人……我无话可说——无子的时候我无话可说。现在我有了儿子，我觉得我可以痛痛快快说一句了：我不希望我儿子是这样的人！"这话看似对儿子的规诫，其实也是对自己的要求。

刘恒是一位内心充满善意、与人为善的人。如果遇到为人帮忙说好话的机会，他一定会尽力而为。有一个作家评职称，申报的是二级。刘恒是评委，他主张给那个作家评一级。刘恒的意见得到全体评委的认同，那个作家果然评上了一级。刘恒成人之美不求任何回报，也许那个作家到现在都不知道为他极力帮忙的人是谁。同时，刘恒也是一个十分讲究恕道的人。子贡问曰:"有一言可以终身行之者乎?"子曰:"其恕乎!己所不欲,勿施于人。"我和刘恒交往几十年,在一起难免会说到一些人,在我的记忆里,刘恒从不在人背后说人的不是。刘恒只说,他们都是一些失意的人。或者说,他们活得也不容易。对网络传的对某些人的负面评价,刘恒说:"我是宁可信其无,不信其有。各人好自为之吧!"

峣峣者易缺,皎皎者易污。据说追求完美的人比较脆弱,比较容易受到伤害。刘恒遭人嫉妒了,被躲在暗处的人泼了污水。好在刘恒的意志是坚强的,他没有被小人的伎俩所干扰,以清者自清的姿态,继续昂首阔步,奋然前行。刘恒的观点是,我们应尽量避免介入世俗的冲突,避免使自己成为小人。一旦介入冲突,我们就可能会矮下去,一点点变小。我们不要苍蝇和蚊子的翅膀,我们要雄鹰的翅膀。我们要飞得高一些,避开世俗的东西,到长空去搏击。

2010 年 3 月 5 日至 3 月 16 日于北京和平里

北京作家"终身成就奖",评浩然还是评林斤澜

近日从报纸上看到,上海评出了新一届上海文学艺术家"终身成就奖"和"杰出贡献奖",获奖者各十二位。这项评选被称为上海文学艺术界的"荣典",颁奖典礼大张旗鼓,那是相当隆重。

看到消息我想起来,北京作家协会也为北京的作家评过"终身成就奖"和"杰出贡献奖",而且已评过两届。这项活动是作为"北京文学节"的其中一个项目而举办的,每种奖只评一人。2004年的那次评奖,"终身成就奖"的获得者是王蒙老师,"杰出贡献奖"的获得者是刘恒。颁奖典礼是在著名的首都剧场举行的,记得王蒙老师在"获奖感言"中说了一些幽默的话。高兴之余,他对"终身成就"的说法感到"惊异和悲哀",他希望他的"终身成就"还没有到头儿,还不到"结账"的时候,"怎么着也得再拼一下子呀!"刘恒在"获奖感言"中,感谢大家对他的劳动的肯定,说他"感到了一个劳动者应有的喜悦"。不管怎么说,这两位作家获奖是实至名归,各得其所,不存在什么异议。

到了2007年的第二届评奖,"终身成就奖"有两位候选人,一位

是浩然，一位是林斤澜。候选人是经过北京作协全体会员投票产生的，得票最多的前两位老作家被确定为候选人。候选人的产生算是初评，最终谁能评上，还要由终评委员会投票决定。终评委员会由北京作协党组成员和主席团委员组成。作为评委之一，我参与了那次评选。若是等额评选，那就省事了，评委们走个程序，在候选人名字后面画个圈儿或打个对勾，哈哈一乐就完了。二者只能选其一，就给评委们出了个不大不小的难题，是评浩然，还是评林斤澜呢？投票前有一个讨论，意思是先把意见统一一下。可意见不够统一，或者说发生了一些争议。回想起来，那些争议挺有意思的，越想越有意思。我想我还是把那件事情粗略地写下来吧，不然的话，时间一长也许就忘记了。

终评是在一天上午，安排在一家饭店的大包间里进行。这样安排挺好，待评奖结束，评委们不挪窝儿就可以吃一顿烤鸭，还可以喝点小酒儿。应到的评委除了北京作协副主席张承志因故未来，别的评委都到了，连史铁生都坐着轮椅按时到场。评奖开始，北京市文联的主要领导先说了一番话。他声明他不是评委，没有投票权，但他个人有一个建议，建议把"终身成就奖"评给浩然。他说了两个理由：一是浩然所取得的公认的文学创作成就；二是浩然因病卧床多年，病情不容乐观，要是把这个奖评给浩然，对浩然的精神将是一个很大的安慰。

北京作协是小作协，是文联领导下的一个协会。文联主要领导这样讲，对评奖无疑带有导向作用，等于差不多把评奖定了盘子。接下来有评委发言，对领导的建议表示了同意。发言把浩然和林斤澜作了比较，认为浩然的创作影响比较广泛，提起浩然的大名，全国的读者很少有人不知道,而林斤澜的创作影响就小些,读者相对小众,如果问起林斤澜是谁,很可能会有人想不起来。还有评委从人道主义立场出发,谈到"终身成就奖"只评给在世的作家,就浩然的身体状况而言,如果这次不评浩然,浩然也许再也没机会得奖了。

话说到这儿,该我谈点儿看法了。我说什么呢?如果可以评两个"终身成就奖",我给浩然和林斤澜都会投赞成票。规定只能评一个,我选择评林斤澜。不管别的评委怎么说,对于这个选择,我不会有丝毫犹豫。

我承认,浩然的名气的确很大。我在农村老家读初中二年级的时候,语文老师反复给我们推荐了两本书,其中一本就是浩然的《艳阳天》。语文老师操着生硬的普通话,不仅自己在课堂上大声朗读《艳阳天》,还让同学们模仿他的声震整个校园的声调,轮流朗读《艳阳天》。我们为书里的故事所感动,以致对书中每一个正面反面人物都记得清清楚楚。我对浩然是景仰的,但从不敢设想今生会见到浩然。然而,我从煤矿调到北京,不仅见到了浩然,后来还有幸成了浩然在北京作协的同事。我还愿意承认,浩然老师为人谦和,厚道,对人也很好。浩然接替林斤澜当上《北京文学》的主编时,我有一篇题目叫《汉爷》的短篇小说,先期已在编辑部获得通过。这篇小说是写改革开放之后,一个跟当官的儿子在城里生活的老地主,还乡寻找当年被雇农分走的小老婆的故事。有朋友跟我说,浩然要把通过的稿子重看一遍,因浩然对有关阶级的事情比较敏感,我那篇小说能不能发就不好说了。我说没关系,《北京文学》不发,我改投别的刊物就是了。结果是,小说不但很快发了出来，还排在比较突出的位置。浩然当上主编不久，编辑部在戒台寺举办了一个北京作者的笔会。笔会间隙，不少作者纷纷和浩然合影留念。浩然披着驼色呢子大衣，一直微微笑着，慈眉善目的样子，谁跟他合影都可以。我那时和浩然老师还不太熟，加之生性怯懦，我没敢要求与浩然老师合影。浩然老师看见我了，招招手让我过去，说庆邦，咱俩也照一张。这件事给我留下了难忘的印象。

每个作家都有自己的局限。回头再看浩然的作品，因受那个时代以阶级斗争为纲的制约，浩然长篇小说的大纲，也只能是阶级斗争为纲，纲举才能目张。乃至于每个人物都要严格按照不同的阶级定位，以家庭成分画像，感情是阶级情，人性是阶级性。人物是什么成分，只能按照事先规定好的成分逻辑，说那个成分的人才能说的话，办那个成分的人才能办的事。贫下中农不但不能说地主分子才会说的话，连中农的话都不能说，一句说错就是阶级立场出了问题。如果抽掉阶级斗争这个"一抓就灵"的东西，故事的开展就失去了逻辑动力，整部小说就没有了支撑点。后来的《金光大道》，是以路线斗争统揽全局，所有人物以路线排队，以路线画线，为走不同道路的人设置冲突，让他们互相掐架，甚至掐得你死我活，昏天黑地。这样的小说很难说能经得起时间的淘洗，和历史的检验。也许因为浩然老师人太好了，太听话了，小说才写成那样。

林斤澜和浩然不同，他主要是写短篇小说，好像从未写过长篇小说，创作量较少。他在创作的道路上不断求索，寂寞前行，从来没有"红"过。正如孙犁先生所说："我深切感到，斤澜是一位严肃的作家，他是真正有所探索,有所主张,有所向往的。"又说:"他的门口,没有多少吹鼓手,也没有多少轿夫吧。他的作品,如果放在大观园,他不是怡红院,更不是梨香院,而是栊翠庵,有点冷冷清清的味道,但这里确确实实储藏了不少真正的艺术品。"

林斤澜不是好为人师的人,但他愿意跟他故乡温州的作家说,我是他的学生。林老对我的创作多有教诲和提携,他的确是我的恩师。林斤澜老师跟我说过,作家写作要有一个底线,就是独立思考。所谓独立思考,就不是集体思考,不是别人替你思考,不是人云亦云。独立是思考的前提,无独立就无思考。可以说林斤澜本人就是一个独立思考的典范。十年"文革"期间,他宁可一篇小说都不写,也不愿放弃自己的独立思考,不愿写违心的作品。

林斤澜老师也跟我谈起过浩然的为人和浩然的小说,他说浩然人是好人,但小说实在说不上好。浩然的小说除了阶级斗争,就是路线斗争,浩然的文学观里没有文学。可浩然对自己的小说不但没有反思,没有任何悔意,还固执地宣称自己的写作是真诚的,这让林斤澜摇头叹息,大为不解。

我的发言可能有些激动,发言之后,觉得脸上有些热,我用手一捧,脸颊热辣辣的。

接着发言的是邹静之,他也主张评林斤澜。他说终身成就奖嘛,主要是对文学创作而言。至于别的因素,包括身体状况的因素,就不必考虑了。

史铁生说的话比较激烈,我与铁生交往多年,这是第一次听他说出那样言辞激烈的话。他说，要是把"终身成就奖"评给浩然的话，那个"杰出贡献奖"别人愿意不愿意得还不一定呢！史铁生这样说，因为他是同届的"杰出贡献奖"候选人。史铁生的意思再明确不过，如果浩然得了"终身成就奖"，他就不愿意得那个"杰出贡献奖"。

眼看两种意见相持不下，评委的人数又是一个偶数，主持评选的人有些担心，要是出现两位候选人票数相同的情况怎么办呢？于是把这个问题提了出来，让大家再讨论。

一个简单的事情，不会这么复杂吧！这时我有些急，说不要讨论了，投票吧，投票吧，都是有判断能力的人，我相信大家一定会做出正确的选择，不至于出现票数相同的情况。后来有传说，说刘庆邦当时拍了桌子。这肯定是讹传，我哪里是拍桌子的人。不管遇到什么事，我从来没拍过桌子。我要是拍了桌子，我的手疼，桌子还疼呢！我当时只是有些激动，说话有点儿急而已。

投票结果出来了，林斤澜以微弱多数票当选"终身成就奖"；史铁生以绝对多数票当选"杰出贡献奖"。评委会为林斤澜写的授奖辞说：林斤澜一生致力于小说艺术的探索，在小说语言、小说艺术及理论方面有独到发现和见解，对中国当代白话文创作极具启发意义。为史铁生写的授奖辞是：史铁生的写作直面人类恒久的生活与精神困境，他对存在始终不渝的追问，构成了当代文学中一支重要的平衡力量。

这里顺便说一句，我作为第二届"杰出贡献奖"的候选人之一，一票都没得。当唱票者大声唱出刘庆邦零票时，我一时有些尴尬。但我很快就释然了，坦然了，这表明我没有投自己的票，而是把票投给了我尊敬的铁生兄。

2007年之后,又六七年过去了,北京再也没举办文学节,再也没有评选"终身成就奖"和"杰出贡献奖"。别说举办文学节和给作家评奖了,听说连在全国有广泛影响的"老舍文学奖"也不让评了,不知为什么?

2014年12月27日于北京和平里

"小文武"的道行

徐小斌出道挺早的,她在北京的文坛上大展身手时,我作为一个外省来京的生坯子,还只能在坛下远远地望着她。我也想为她喝一个彩,又怕她问我:你是谁?

不承想,后来一来二去,三来四去,我竟和徐大师认识了。且不说多次在国内一块儿登寨游沟,看山玩水,光外国我们就一同去了八九个国家。其中包括土耳其、埃及、丹麦、瑞典、挪威、冰岛,还有越南、俄罗斯等。交往多了,我对小斌的印象应逐渐清晰才是,真是奇了怪了,印象不但没有清晰,反倒愈发模糊。好比神龙见首不见尾,让我写小斌,无论写什么,都不能尽意,不过是云中所见一鳞半爪而已。

小斌本来是学财经金融的,但她肯定像贾宝玉和林黛玉一样,对仕途经济方面的学问不感兴趣,并心生叛逆,宁可当一个游仙,散仙,整天和艺术之类的东西厮混在一起。她艺术方面的异秉最早表现在绘画和制作工艺品上,后来在刻纸艺术创作上亦有独特建树。听说她曾在中央美院画廊举办过"徐小斌刻纸艺术展",还得到了艾青先生的好评。好家伙,在中央美院举办画展,这可不是闹着玩儿的。如愚之辈,去美院看画都没资格,她却把个人画展办到了中国美术的最高学府,好生了得!

我听过小斌唱歌。有一年秋天,北京一帮作家被安排去郊区走访。在一个联欢晚会上,你方唱罢我登场之后,有人鼓动徐小斌来一个,徐小斌,来一个!小斌连连摆手,说她不会唱。但经不住大家一再鼓掌,一再推动,她还是走上台去唱了一支歌。小斌不唱则已,一唱就把那帮哥们儿姐们儿给震傻了。这个徐小斌,平日不显山不露水的,原来训练有素嘛,功底深厚嘛,专业水准嘛,山是高山,水是深水嘛!我很快就知道了,小斌曾在黑龙江生产建设兵团的宣传队当过女高音独唱歌手。哎呀,这就不难理解小斌为何唱得这样好了。我在公社和煤矿也参加过宣传队,知道挑一个女高音歌唱演员有多么难。唱女高音,后天的训练固然重要,更重要的是一个人的音乐天赋。如果天赋不行,恐怕努掉腰子都无济于事。无疑,小斌的音乐天赋是拔萃的,她没有接着唱真是浪费天才。好在她的音乐天赋在她的小说里得到了发挥和延伸,她的每一篇小说几乎都有着音乐的节奏、旋律、华彩、飞翔、超越和普世意义。到了最新出版的长篇小说《天鹅》,可以说把极难表达的音乐写到了一种极致。

小斌外语说得也挺溜,她常常一个人在国外独来独往,语言对她构不成障碍。2005 年 7 月,北京一行十几个作家到北欧采风。在法兰克福机场转机时,因走错了路,我们被困住了。眼睁睁看着一个个大胖子在面前走过,我们无法向人家问路,不免有些焦急。走投无路之际，徐小斌站出来了。不知她嘀嘀咕咕跟德国人说了些什么，反正我们解困了，没耽误转机。同行的人纷纷赞许徐小斌，说小斌，你外语可以呀！小斌有些得意，说她也就是一个二把刀。

让人不可思议的是，小斌还会预测人的凶吉祸福，甚至敢于预测人的寿命。她悄悄对我说过我们所熟悉的一位作家的大限，着实把我吓了一跳。我感谢小斌对我的信任，同时又觉得小斌的预测是冒险的。我在心里记下那个数字，绝不会对别的任何人提及。一年又一年过去，眼看小斌的预测就要破灭。我一边为那位作家祝福，一边准备好了要笑话一下小斌，我会对她说：尊敬的小斌同志，怎么样，失算了吧！然而然而，你不想承认都不行，你不想倒吸一口凉气也不行，到头来，还是被小斌预测准了。再见到小斌，我对她说：小斌，你太可怕了！小斌的心情有些沉重似的，按下我的话，没让我往下说。

朋友们，你们看看，这个叫徐小斌的作家是不是有点儿神？她跟神灵是不是有点接近？

话题归结到小斌的小说上，小斌的小说如得天启，有如神助，每一篇小说都是很神的。我和小斌多次聆听林斤澜老师的教诲。林老说，写小说没什么，就是主观和客观轮着转。有人写主观多一些，有人写客观多一些。有时主观占上风，有时客观占上风。以林老的意思判断，小斌写主观多一些，我写客观多一些。客观是雷同的，因主观的不同而不同。因我的主观能力比较薄弱，多年来，我的小说一直被现实的泥淖所纠缠，不能自拔。而小斌的主观能力足够强大，近乎神性，所以她的小说如羽蛇行空，菩萨散花，总是很超拔，很空灵。

"小文武"是林斤澜老师为小斌起的名字。林老有一篇小说分别以章德宁和徐小斌为原型,一个叫"小立早",一个叫"小文武"。我觉得"小文武"这个名字挺好的。有文有武,就得有文武之道。但"小文武"的道不是所谓宽严相济、劳逸结合的一张一弛,而是一种神道。不能把神道说成神神道道,一重叠就离谱了。至于"小文武"的道行如何,一切尽在不言中。把白居易的两句诗送给小斌:"道行无喜退无忧,舒卷如云得自由。"

2014 年 5 月 6 日于北京和平里

莹然冰玉见清词
——付秀莹小说印象

我国从乡村走出来的男作家很多,多得数不胜数,恐怕很难数清。相比之下,真正从村子里走上文坛的女作家要少一些,曲着指头从北国数到南国,从"北极村"数到"歇马山庄",也就是可以数得过来的那些个。从华北平原深处的"芳村"走出来的付秀莹,衣服上沾着麦草和油菜花花粉的付秀莹,是其中之一。

之所以会出现这样的情况,与庄稼人长期以来重男轻女、不让女孩子上学有关。拿我们家来说,我大姐、二姐各只上过三年学,我妹妹连一天学都没上过。我敢说,我的姐姐和妹妹天资都很聪慧,倘若她们受过一定的教育,也拿起笔写作的话,说不定比我写得还要好一些。因后天条件的限制,也是迫于生计,她们的天资生生地被埋没了。人只有一生,我为她们的天资没能得到发挥感到惋惜。好在总算有一些同样是出生在农村的姐妹,她们的家庭条件好一些,父母也不反对她们读书,使她们有机会受到教育,并代表着千千万万农村的姐妹,一步一步走上了写作的道路。

我看过一些当过下乡知青的城里女作家写的农村生活的小说，由于对农村的风土人情缺乏足够深入的了解，她们有的小说显得不够自信，不够自由，不够自然，还常常露出捉襟见肘的痕迹。像付秀莹这样有过童年和少年农村生活经历的女作家就不一样了，她们写起农村生活来才入情入理，入丝入扣，淳朴自然，读来给人以贴心贴肺的亲切感。

读付秀莹的小说，我心中暗暗有些称奇，这个作家的小说写得怎么像我们老家的事呢，不仅地理环境、四季植物、风俗民情等，和我们老家相似，连使用的方言，几乎都是一样的。比如，我们老家把唢呐说成响器，在付秀莹的小说里，唢呐班子写的也是响器班子。再比如，我们老家把客说成"且"，来客了说成"来且"了。付秀莹小说中的乡亲们也是这么说的。方言是什么，方言是一块地方的语言胎记，方言一出，人们即可把说话者的来路判断个八九不离十。读了付秀莹的小说，我几乎可以判定，付秀莹的老家和我的老家相距不会太远，至少从地域文化上说，我们有着共同的文化源头。及至见到付秀莹，随着和付秀莹有了一些交往，证实我的判断大致是不错的。我的老家在大平原，她的老家也是大平原；遍地金黄的麦子是我们老家的风景线，也是她们老家的风景线；麦秸垛是我们老家故事的一个生长点，也是她小说故事的生长点之一。只不过，我的老家在豫东平原，她的老家在华北平原。她的老家在黄河以北，我的老家在黄河以南。有东必有西，有南来必有北往，一条波浪宽的大河隔不断两岸的文化，或许正是两岸平原文化的源泉和纽带。

付秀莹人很好，与我读过她的小说之后对她的想象是一致的。她敏感，羞怯，娴静，内向，优雅而不失家常，微笑中充满善意。她就像人们常说的邻家女孩儿，或者说像叔叔家的堂妹，堂弟的弟媳。付秀莹的小说写得也很好，一如她本人的本色。我无意全面评价付秀莹的小说，也无能对付秀莹的小说细致梳理，我只想说一点，读付秀莹的小说，你才会领略到什么叫文字好，什么是好文字，你才会为精灵一样的文字着迷，眼湿。

人们说一个作家的作品好，一个重要的评判标准是说他的语言好，我却说付秀莹的文字好。虽说文字是语言的基础，语言好的作家文字也不会差到哪里去，但我觉得这二者还是有微妙区别的。与语言相比，文字的单元更小，更细分，更有颗粒感，也更具独立性。好比一穗儿高粱和一些高粱种子的关系，如果说高粱穗儿是语言，那么高粱的种子就是文字。取来一穗儿高粱，谁都不能保证穗儿头里的高粱没有秕子，没有虫眼，谁都不会把每一粒高粱都当作种子。而美好的文字呢，恰似一粒粒种子一样，饱满，圆润，闪耀着珠玑一样的光彩，蕴藏蓬勃的生命力。每一粒种子都能生根，发芽，开花，结果。这么说吧，我们赞赏一位西方作家，可以说他的语言好，但不会说他的文字好。他们用拼音字母拼成了语言，但每一个字母都不能独立，都称不上是文字。只有中国的文字，每一个字都是有根的，有效的，都可以自成一体，作品中既有语言之美，也有文字之美。

付秀莹的文字是日常化的。我国的四大名著当中，《三国演义》的文字是历史化的，智慧化的，《水浒传》的文字是传奇化的，暴力化的,《西游记》的文字是戏剧化的,魔幻化的,而只有《红楼梦》中的文字才是日常化的。付秀莹所倾心的是《红楼梦》的文学传统。"世事洞明皆学问,人情练达即文章"。风霜雨雪,春播秋收;吃饭穿衣,油盐酱醋;男婚女嫁,生老病死;家长里短,鸡毛蒜皮。村头的一缕炊烟,池塘里的几片浮萍;石榴树上的一捧鸟窝,柴草垛边的几声虫鸣。这些日常的景观,构成了付秀莹文字的景观。它遵守的是日常生活的逻辑,一切发生在逻辑的框架内,受逻辑的约束,从不反逻辑。它是道法自然,重视人和自然的关系,重视环境对人的心灵的影响。这样的景观洋溢的是泥土气息、烟火气息、家庭气息和生活气息。

付秀莹的文字是心灵化的。付秀莹说过,她喜欢探究心灵的奥秘,愿意捕捉和描摹人物内心汹涌的风景和起伏的潮汐。要实现这样的愿望,须有一个前提,那就是必须使用心灵化的语言和文字。心灵化不是现实化,不是客观化。它从现实中来,却超越了现实的时间和空间,使日常生活发生在心灵的时间和空间内。现实世界是雷同的,表现在文学作品中,因心灵的不同而不同。对小说而言,没有实现心灵化的文字是僵硬的,表面化的,毫无艺术意义。只有心灵化的文字才是灵动的,飞扬的,充满欢腾的艺术生命。从付秀莹的小说中随意截取一段文字,我们都能看出,那些文字在付秀莹心灵的土壤里培育过,用心灵的雨露滋润过,用心灵的阳光照耀过,——打上了付秀莹心灵的烙印,变成了"秀莹式"的文字。那么,心灵化的文字是怎么炼成的呢?付秀莹也有着明确的回答。她认为作家的写作是从内心出发,探究别人,也正是探究自己。付秀莹说的是心里话,也是交底的话,说得挺好的。

付秀莹的文字是诗意化的。我国是诗的国度，诗的成就是文学的最高成就。作家对诗意化写作的追求，也是最高的追求。沈从文说过，作家从小说中学写小说，所得是不会多的。他主张写小说的人要多读诗歌。我相信，付秀莹一定喜欢读诗，一定受到过古典诗词的深度熏陶，不然的话，她的小说不会如此诗意盎然。我原本不打算引用付秀莹小说中的文字了，但有些禁不住，还是引用一段吧。"夏天过去了，秋天来了。秋天的乡村，到处流荡着一股醉人的气息。庄稼成熟了，一片，又一片。红的是高粱，黄的是玉米、谷子，白的是棉花。这些缤纷的色彩，在大平原上尽情地铺展，一直铺到遥远的天边。还有花生、红薯，它们藏在泥土深处，蓄了一季的心思，早已膨胀了身子，有些等不及了。"如果把这些句子断开，按诗的形式排列，谁能说它们不是诗呢！如此饱含诗情画意的文字，在付秀莹的小说里俯拾即是。这样诗意化的文字至少有三个特点：一是短句，节奏感强，字里行间带出的是作家的呼吸和气质；二是以审美的眼光看取万事万物，有诗的意境和诗的韵味；三是摒弃一切污泥浊水，保持对文字的敬畏、珍爱和清洁精神。

我对秀莹的建议是：除了日常化、心灵化、诗意化，还要注意对哲理化的追求。

2015年9月16日于北京和平里